U0065524

新日檢試驗

N4

絕對合格

試題本

全MP3音檔下載導向頁面

http://www.booknews.com.tw/mp3/121240006-10.htm

iOS 系請升級至 iOS 13 後再行下載
全書音檔為大型檔案，建議使用 WIFI 連線下載，以免占用流量，
並確認連線狀況，以利下載順暢。

もくじ
目錄

QR碼使用說明

N4_Listening_
Test01

每回測驗在聽解的首頁右上方都有一個QR碼，掃瞄後便可開始聆聽試題進行測驗。使用全書下載之讀者可依下方的檔名找到該回聽解試題音檔，在播放後即可開始進行測驗。

N4

げんごちしき（もじ・ごい）

（30ぷん）

ちゅうい
Notes

1. しけんが　はじまるまで、この　もんだいようしを　あけないで　ください。
   Do not open this question booklet until the test begins.

2. この　もんだいようしを　もって　かえる　ことは　できません。
   Do not take this question booklet with you after the test.

3. じゅけんばんごうと　なまえを　したの　らんに、じゅけんひょうと
   おなじように　かいて　ください。
   Write your examinee registration number and name clearly in each box below as written on your test voucher.

4. この　もんだいようしは、ぜんぶで　9ページ　あります。
   This question booklet has 9 pages.

5. もんだいには　かいとうばんごうの　1 、 2 、 3 … が　あります。
   かいとうは、かいとうようしに　ある　おなじ　ばんごうの　ところに
   マークして　ください。
   One of the row numbers 1 , 2 , 3 … is given for each question. Mark your answer in the same row of the answer sheet.

じゅけんばんごう　Examinee Registration Number	
なまえ　Name	

もんだい1　＿＿＿の　ことばは　ひらがなで　どう　かきますか。
　　　　　　1・2・3・4から　いちばん　いい　ものを　ひとつ　えらんで
　　　　　　ください。

（れい）この　りんごが　とても　甘いです。
　　　　　1　あかい　　　　2　あまい　　　　3　あおい　　　　4　あらい

（かいとうようし）　　┌─────┬─────────────────┐
　　　　　　　　　　　│（れい）│　①　●　③　④　│
　　　　　　　　　　　└─────┴─────────────────┘

1　この　みせは　品物が　すくないです。
　　1　ひんもつ　　　　2　ひんぶつ　　　　3　しなもの　　　　4　しなぶつ

2　4月に　日本の　だいがくに　入学します。
　　1　にゅうがく　　　2　にゅうこく　　　3　にゅうし　　　　4　にゅういん

3　でんしゃで　がっこうに　通って　います。
　　1　つうって　　　　2　かよって　　　　3　むかって　　　　4　とおって

4　日本は　工業の　くにです。
　　1　こうぎょう　　　2　こうぎゅう　　　3　ごうぎょう　　　4　じょうぎょう

5　バスは　8時に　出発します。
　　1　しゅっぱつ　　　2　しゅっはつ　　　3　しゅつはつ　　　4　しゅつぱつ

6　けんこうの　ために　まいにち　運動して　います。
　　1　くんどう　　　　2　くんとう　　　　3　うんどう　　　　4　うんとう

7　まどを　閉めても　いいですか。
　　1　とめて　　　　　2　きめて　　　　　3　しめて　　　　　4　やめて

8 この 道を まっすぐ 行って ください。

    1 みち   2 はし   3 いえ   4 くに

9 あした、いっしょに 映画を 見に 行きませんか。

    1 えか   2 えいか   3 えいが   4 えりが

もんだい2 ＿＿＿の ことばは どう かきますか。1・2・3・4から
いちばん いい ものを ひとつ えらんで ください。

（れい）つくえの うえに ねこが います。
　　　　1 上　　　2 下　　　3 左　　　4 右

（かいとうようし）　| （れい） | ● ② ③ ④ |

10 友だちに 本を かります。
　　1 貸ります　　　2 借ります　　　3 措ります　　　4 持ります

11 わたしは おんがくを 聞くのが すきです。
　　1 楽音　　　　2 学音　　　　3 音楽　　　　4 音学

12 すぐ おわるから、もう すこし まって ください。
　　1 待って　　　2 持って　　　3 時って　　　4 等って

13 きのう、えきの ちかくで かじが ありました。
　　1 炎事　　　　2 火事　　　　3 家事　　　　4 事故

14 もうすぐ バスが 来ますよ。いそいで ください。
　　1 来いで　　　2 速いで　　　3 急いで　　　4 早いで

15 しけんに ごうかくしましたから、きぶんが いいです。
　　1 気今　　　　2 気文　　　　3 気分　　　　4 気持

もんだい3　（　　　）に　なにを　いれますか。1・2・3・4から　いちばん
　　　　　いい　ものを　ひとつ　えらんで　ください。

（れい）この　おかしは　（　　　）　おいしくないです。
　　　　　1　とても　　　2　すこし　　　3　あまり　　　4　しょうしょう

（かいとうようし）　｜（れい）｜①　②　●　④

16　パンに　バターを　（　　　）　ください。
　　　1　して　　　　　　　2　ぬれて　　　　　3　のって　　　　　4　ぬって

17　（　　　）　くにに　かえりました。
　　　1　ひさしぶりに　　　2　しょうらい　　　3　これから　　　4　こんど

18　ふねが　（　　　）に　とうちゃくしました。
　　　1　くうこう　　　　　2　みなと　　　　　3　まち　　　　　4　えき

19　（　　　）は　本を　読む　ことです。
　　　1　しゅうかん　　　　2　きょうみ　　　　3　やくそく　　　4　しゅみ

20　へやを　きれいに　（　　　）　ください。
　　　1　けして　　　　　　2　かたづけて　　　3　くらべて　　　4　ならべて

21　1000円で、800円の　おかしを　買って、200円の　（　　　）を　もらいました。
　　　1　レシート　　　　　2　おさつ　　　　　3　おつり　　　　4　さいふ

22　ケンさんは　いつも　（　　　）に　はたらいて　います。
　　　1　たいへん　　　　　2　ぴったり　　　　3　ゆっくり　　　4　まじめ

23 あさ、じしんが　あって　（　　　　）。

1　うれしかった　　　　　　　　　　　2　こわかった

3　さびしかった　　　　　　　　　　　4　はずかしかった

24 あしたの　ホテルの　（　　　　）を　しました。

1　よやく　　　　　　2　よほう　　　　　　3　よそう　　　　　4　よてい

25 この　けんきゅうは、5ねん　かかって　（　　　）　おわりました。

1　ちっとも　　　　　2　たしか　　　　　　3　やっと　　　　　4　かならず

もんだい4 ＿＿＿＿の ぶんと だいたい おなじ いみの ぶんが あります。
1・2・3・4から いちばん いい ものを ひとつ えらんで
ください。

（れい） この へやは きんえんです。
　　　　1 この へやは たばこを すっては いけません。
　　　　2 この へやは たばこを すっても いいです。
　　　　3 この へやは たばこを すわなければ いけません。
　　　　4 この へやは たばこを すわなくても いいです。

（かいとうようし）　　| （れい） | ● | ② | ③ | ④ |

26 さいきん、家を るすに する ことが おおいです。
　1 さいきん、家に よく います。
　2 さいきん、家に あまり いません。
　3 さいきん、家に 友だちを よく よんで います。
　4 さいきん、家で あまり あそんで いません。

27 きょうの テストは かんたんでした。
　1 きょうの テストは ふくざつでした。
　2 きょうの テストは たいへんでした。
　3 きょうの テストは やさしかったです。
　4 きょうの テストは むずかしかったです。

28 くるまが こしょうしました。
　1 くるまが こわれました。
　2 くるまが よごれました。
　3 くるまが うごきました。
　4 くるまが とまりました。

29 きょねん　たばこを　やめました。

1　きょねん　たばこを　はじめました。

2　きょねん　たばこを　かいました。

3　いま　たばこを　すって　いません。

4　いま　たばこを　すって　います。

30 いっしょうけんめいに　べんきょうします。

1　よく　べんきょうします。

2　あまり　べんきょうしません。

3　すこし　べんきょうします。

4　ほとんど　べんきょうしません。

もんだい5　つぎの　ことばの　つかいかたで　いちばん　いい　ものを
　　　　　　1・2・3・4から　ひとつ　えらんで　ください。

（れい）　こたえる

　　　1　かんじを　大きく　こたえて　ください。

　　　2　本を　たくさん　こたえて　ください。

　　　3　わたしの　はなしを　よく　こたえて　ください。

　　　4　先生の　しつもんに　ちゃんと　こたえて　ください。

（かいとうようし）　　（れい）　①　②　③　●

31　けんぶつ

　　1　だいがくで　けいざいを　けんぶつして　います。

　　2　きのう、こうじょうを　けんぶつしました。

　　3　こんど、ふじさんを　けんぶつに　行きます。

　　4　なつやすみに　友だちと　はなびたいかいを　けんぶつしました。

32　あんしん

　　1　この　まちは　よる　うるさくて　あんしんです。

　　2　やまださんは　あんしんで　いそがしいです。

　　3　じこが　おきて、とても　あんしんです。

　　4　日本には　兄が　いますから、あんしんです。

33　こまかい

　　1　やさいを　こまかく　きって　ください。

　　2　かれの　家は　とても　こまかいです。

　　3　その　えんぴつは　こまかいですね。

　　4　わたしの　兄は　とても　あしが　こまかいです。

34 やぶれる

　　1　水に　ぬれて、かみが　やぶれました。

　　2　たいふうで、木が　やぶれました。

　　3　コップが　おちて、やぶれました。

　　4　いすを　なげたら、やぶれました。

35 さそう

　　1　まいにち　1じかん、ゲームを　さそいます。

　　2　はるに　なると、さくらが　さそいます。

　　3　雨が　ふったら、かさを　さそいます。

　　4　ジョンさんを　サッカーに　さそいます。

N4
言語知識（文法）・読解
（60分）

注　意
Notes

1. 試験が始まるまで、この問題用紙を開けないでください。

   Do not open this question booklet until the test begins.

2. この問題用紙を持って帰ることはできません。

   Do not take this question booklet with you after the test.

3. 受験番号と名前を下の欄に、受験票と同じように書いてください。

   Write your examinee registration number and name clearly in each box below as written on your test voucher.

4. この問題用紙は、全部で14ページあります。

   This question booklet has 14 pages.

5. 問題には解答番号の　1　、　2　、　3　… があります。
   解答は、解答用紙にある同じ番号のところにマークしてください。

   One of the row numbers　1　,　2　,　3　… is given for each question.
   Mark your answer in the same row of the answer sheet.

受験番号　Examinee Registration Number	

名前　Name	

もんだい1　（　　　）に　何を　入れますか。1・2・3・4から　いちばん
　　　　　　いい　ものを　一つ　えらんで　ください。

第1回

（例）あした　京都（　　　）　行きます。

　　　1　を　　　　2　へ　　　3　と　　　　4　の

（解答用紙）　　　　（例）　　① ● ③ ④

---

1 「おいしい」は　ベトナム語（　　　　）　なんと　言いますか。

　　　1　を　　　　　　　2　で　　　　　　　3　から　　　　　　4　に

2 （コンビニで）
　田中「すみません、ガムを　買いたいんですが…。」
　店員「ガム（　　　）、あそこに　おいて　ありますよ。」

　　　1　より　　　　　　2　なら　　　　　　3　と　　　　　　　4　まで

3 あの人は　来ると　言った（　　　　）、来ませんでした。

　　　1　ので　　　　　　2　のに　　　　　　3　のは　　　　　　4　のを

4 去年は　あまり　旅行に　行けなかったので、今年は　たくさん　（　　　）と
　思って　います。

　　　1　行く　　　　　　2　行け　　　　　　3　行こう　　　　　4　行けば

5 ひらがな（　　　）　書く　ことが　できます。

　　　1　だけ　　　　　　2　が　　　　　　　3　しか　　　　　　4　まで

6 みんなで　テレビ（　　　）　見ましょう。

　　　1　でも　　　　　　2　まで　　　　　　3　ほど　　　　　　4　より

文法

7 山下さんは　あした　もどる（　　　）です。

   1　だけ　　　　　2　はず　　　　　　3　から　　　　　　　4　なら

8 家族の　写真ですか。お姉さん、きれいで（　　　）人ですね。

   1　やさしい　　　2　やさしかった　　3　やさしいそうな　　4　やさしそうな

9 この　おかしは　小さくて、食べ（　　　）です。

   1　ない　　　　　2　たい　　　　　　3　やすい　　　　　　4　よう

10 風邪を　引いたら、くすりを　飲んで　はやく（　　　）です。

   1　ねたほうが　いい　　　　　　　2　ねないほうが　いい

   3　ねるつもり　　　　　　　　　　4　ねないつもり

11 A「どうしたんですか。顔色が　悪いですね。」

   B「じつは　きのう　先輩に　たくさん　お酒を（　　　）。」

   1　飲んで　もらったんです　　　　2　飲ませたんです

   3　飲まれたんです　　　　　　　　4　飲まされたんです

12 あしたは　いい　天気に（　　　）ね。

   1　なると　いいです　　　　　　　2　なったほうが　いいです

   3　しか　なりません　　　　　　　4　なったかもしれません

13 きのうは　レポートを（　　　）、ありがとうございました。

   1　手伝ったので　　　　　　　　　2　手伝って　くれて

   3　手伝ったら　　　　　　　　　　4　手伝って　あげて

14 休みの　日は、散歩を（　　　）、ゲームを（　　　）します。

   1　して、して　　　　　　　　　　2　しよう、しよう

   3　しながら、しながら　　　　　　4　したり、したり

15 A「もう　この　資料を　読みましたか。」

   B「いいえ、まだ（　　　）。」

   1　読みません　　　　　　　　　　2　読みませんでした

   3　読んで　いません　　　　　　　4　読んで　いませんでした

もんだい2 　★　に　入る　ものは　どれですか。1・2・3・4から　いちばん
　　　　　　いい　ものを　一つ　えらんで　ください。

_{もんだいれい}
（問題例）

　　本は　＿＿＿＿　＿＿＿＿　★　＿＿＿＿　あります。
　　　1　の　　　　2　に　　　　3　上　　　　4　つくえ

_{こた} _{かた}
（答え方）

1. _{ただ}正しい　_{ぶん}文を　_{つく}作ります。

　　本は　＿＿＿＿　＿＿＿＿　★　＿＿＿＿　あります。
　　　　　4　つくえ　　1　の　　3　上　　2　に

2. 　★　に　_{はい}入る　_{ばんごう}番号を　_{くろ}黒く　_ぬ塗ります。

_{かいとうようし}
（解答用紙）　| _{れい}（例） | ① | ② | ● | ④ |

16 電気を　＿＿＿＿　＿＿＿＿　★　＿＿＿＿　出かけて　しまいました。
　　1　まま　　　　2　けさないで　　3　あけた　　　　4　かぎを

17 あとで　すてるから、＿＿＿＿　＿＿＿＿　★　＿＿＿＿。
　　1　おいて　　　2　あつめて　　3　ください　　　4　ごみを

18 家を　＿＿＿＿　＿＿＿＿　★　＿＿＿＿、急に　雨が　ふって　きました。
　　1　出よう　　　2　した　　　　3　ときに　　　　4　と

19 A「あした、温泉に　行きませんか。」

B「いいですね。_____ _____ ＿★＿ _____。」

1　いって　　　　2　弟も　　　　　3　いいですか　　　4　つれて

20 私は　父 _____ _____ _____ ＿★＿ ほしいと　思って　います。

1　を　　　　　　2　に　　　　　　3　お酒　　　　　　4　やめて

もんだい3　　21　から　　25　に　何を　入れますか。文章の　意味を　考えて、1・2・3・4から　いちばん　いい　ものを　一つ　えらんで　ください。

下の　文章は　留学生が　書いた　作文です。

　　　　　　　　　　おばあちゃんの　ケーキ

　　　　　　　　　　　　　　　　　　　　　　　　　　　マリア

　私の　おばあちゃんは　80歳です。今は　となりの　町に　住んで　います。おばあちゃんは　とても　やさしくて、ケーキを　作るの　　21　　とても　上手です。私は　おばあちゃんが　作る　ケーキが　いちばん　おいしいと　思います。

　しかし、最近　おばあちゃんは　あまり　ケーキを　　22　。2年前に　病気に　なったからです。　23　、私は　おばあちゃんに　ケーキの　作り方を　教えて　もらいました。

　難しかったですが、たくさん　ケーキを　作る　練習を　しました。それで　今は　おばあちゃんの　ように、おいしい　ケーキが　　24　。おいしい　ケーキができる　　25　、とても　うれしいです。これからも　おばあちゃんに　元気でいて　ほしいです。

21

1　が　　　　　2　を　　　　　3　に　　　　　4　と

22

1　作って　あげません　　　　2　作った　ことが　ありません
3　作らなくなりました　　　　4　作らなくても　いいです

23

1　そんなに　　　2　たとえば　　　3　けれども　　　4　だから

24

1　作れるように　なりました　　　2　作る　ことに　しました
3　作りおわりました　　　　　　4　作らせられました

25

1　のに　　　　　2　と　　　　　3　の　　　　　4　より

もんだい4　つぎの(1)から(4)の文章を読んで、質問に答えてください。答えは、1・2・3・4から、いちばんいいものを一つえらんでください。

(1)
夏まつりのお知らせが教室にあります。

~たのしい夏まつり~

日時：7月15日（土）

15時～20時

場所：あおば公園

夏まつりに行く人は、14時に駅に集まってください。公園に自転車をおく場所がありませんから、電車などを使ってください。

雨がふったら、夏まつりは7月22日（土）になります。

あおば日本語学校

7月1日

---

26 夏まつりに行きたい人は、どうしなければなりませんか。
1　7月15日の15時に自転車で公園に行きます。
2　7月15日の14時に駅に行ってから、公園に行きます。
3　7月15日の14時に公園に行ってから、駅に行きます。
4　7月22日の15時に駅に行ってから、公園に行きます。

(2)

　私の家はいなかにあります。デパートや映画館がある町まで、車で2時間くらいかかりますし、おしゃれなお店やレストランもあまりありません。だから、子どものとき、私はいなかが好きではありませんでした。でも、大人になって、このいなかが少しずつ好きになってきました。いなかにはいいところがたくさんあることに気がついたからです。いなかは町ほど便利じゃないですが、静かだし、水や野菜もとてもおいしいです。私はいなかが大好きです。

27 この人はどうしていなかが好きになりましたか。

　1　デパートや映画館がある町まで車で行けるから

　2　おしゃれなお店やレストランがあるから

　3　いなかにはいいところがたくさんあるから

　4　町よりも静かで便利だから

(3)

図書館の入り口に、お知らせがあります。

図書館を利用される方へ

➢ 読み終わった本は、受付に渡してください。

➢ 机やいすを使ったら、必ず片付けてください。ゴミは持って帰ってください。

➢ 本をコピーするときは、受付に言ってから、コピーをしてください。

➢ 図書館の中で、次のことをしないでください。

　　・　食べたり飲んだりすること

　　・　写真を撮ること

さくら大学図書館

---

28 このお知らせから、図書館についてわかることは何ですか。

1　本を読み終わったら、片付けなければいけません。

2　ゴミを捨てることはできません。

3　本をコピーしてはいけません。

4　写真を撮ってもいいです。

(4)

これは田中さんがキムさんに送ったメールです。

==

キムさん

こんにちは。

　今、キムさんは韓国にいると聞きました。私は23日から27日まで、韓国に行こうと思っています。もし、キムさんの都合がよかったら、夜にいっしょに食事でもしませんか。キムさんが食事に行ける日を教えてくれたら、私がレストランを予約しておきます。韓国でキムさんに会えるのを、とても楽しみにしています。

田中

==

29 キムさんは田中さんに何を知らせますか。

1　今、韓国にいるかどうか

2　23日から27日まで韓国に行けるかどうか

3　夜いっしょに食事できる日はいつか

4　レストランを予約するかどうか

もんだい5　つぎの文章を読んで、質問に答えてください。答えは、
　　　　　　1・2・3・4から、いちばんいいものを一つえらんでください。

これは留学生が書いた作文です。

　　私は2年前に日本に来ました。日本は、コンビニやスーパーがたくさんあって便利だし、とても生活しやすい国だと思いました。

　でも、①残念なことがあります。それは、ゴミがとても多いことです。町の中を歩いていると、ゴミはほとんどなくて、どこもきれいですが、日本で生活していると、たくさんゴミが出ます。例えば、おかしを買ったとき、おかしの箱を開けたら、おかしが一つひとつビニールの袋に入っていました。一つおかしを食べると、ゴミが一つ増えてしまいます。この前、スーパーでトマトを買ったら、プラスチックの入れ物にトマトがおいてあって、ビニールでつつんでありました。家に帰って、料理をすると、プラスチックの入れ物も、ビニールも、全部ゴミになります。だから、②私の家のゴミ箱はすぐにプラスチックのゴミでいっぱいになってしまいます。

　③確かにそうすると、おかしやトマトはきれいだし、1人で生活する人に便利です。でも、私はおかしやトマトを一つひとつビニールの袋に入れたり、プラスチックの入れ物に入れたりする必要はないと思います。プラスチックやビニールの袋を使わなかったら、（　　　　）。

---

30 この人は何が①残念なことだと思っていますか。

1 コンビニやスーパーがたくさんあって便利なこと

2 町にゴミがとても多いこと

3 町の中にゴミがほとんどないこと

4 生活していると、ゴミがたくさん出ること

31 なぜ②私の家のゴミ箱はすぐにプラスチックのゴミでいっぱいになってしまいますか。

1 町の中には、ゴミがほとんどないから。

2 プラスチックやビニールがたくさん使われているから。

3 家に帰って、自分で料理を作るから。

4 おかしを食べすぎてしまうから。

32 ③そうするとは何のことですか。

1 町の中にはゴミがほとんどなくても、家の中にゴミがたくさんあること

2 料理するとき、プラスチックの入れ物やビニールをすてること

3 おかしやトマトを買って、自分で料理を作ること

4 おかしやトマトを一つひとつビニールやプラスチックでつつむこと

33 （　　　　）に入れるのに、いちばんいい文はどれですか。

1 ゴミは減るはずです。

2 みんな困ると思います。

3 使いにくくなります。

4 きれいにしなければいけません。

もんだい6　右のページを見て、下の質問に答えてください。答えは、
　　　　　　1・2・3・4から、いちばんいいものを一つえらんでください。

34 アンナさんは、「わくわくカルチャーセンター」の教室に参加したいと思っています。
　　アンナさんは学校に行かなければいけないので、カルチャーセンターに行けるのは、18時か
　らか、土曜日だけです。アンナさんが行ける教室は、どれですか。

　　1　①と⑥

　　2　②と④

　　3　③と⑤

　　4　①と④

35 バスケットボールをしたい人は、バスケットボール教室が終わったら、何をしなければなりませ
　んか。

　　1　体育館をそうじする。

　　2　受付にお金を払う。

　　3　受付で名前と電話番号を書く

　　4　カルチャーセンターに電話する

わくわくカルチャーセンター

5月は、6つの教室があります。

先生がやさしく教えてくれるので、初めての人も心配しないでください。

☆5月のスケジュール

	料金※1	場所	持ち物	時間
①バスケットボール※2	無料	体育館	飲み物 タオル	月曜日 18：00 〜 19：30 金曜日 19：00 〜 20：30
②水泳	500円	プール	水着・タオル 水泳帽子	木曜日 10：00 〜 11：00 17：00 〜 18：00
③茶道	100円	和室	なし	火曜日 10：00 〜 11：30
④パン作り	300円	調理室	エプロン タオル	土曜日 10：00 〜 12：00
⑤ピアノ	100円	教室1	なし	木曜日 17：00 〜 18：00
⑥ギター	無料	教室2	なし	水曜日 10：00 〜 12：00 14：00 〜 15：00

※1　料金はそれぞれの教室の先生に払ってください。

※2　バスケットボールをしたあとは、必ず体育館をそうじしてください。

初めてわくわくカルチャーセンターに参加する人は、受付で名前と電話番号を書いてください。

教室を休むときは、下の電話番号に電話してください。

わくわくカルチャーセンター　電話：0121-000-0000

N4_Listening_
Test01

N4
聴解
（35分）

注　意
Notes

1. 試験が始まるまで、この問題用紙を開けないでください。

   Do not open this question booklet until the test begins.

2. この問題用紙を持って帰ることはできません。

   Do not take this question booklet with you after the test.

3. 受験番号と名前を下の欄に、受験票と同じように書いてください。

   Write your examinee registration number and name clearly in each box below as written on your test voucher.

4. この問題用紙は、全部で15ページあります。

   This question booklet has 15 pages.

5. この問題用紙にメモをとってもいいです。

   You may make notes in this question booklet.

受験番号　Examinee Registration Number	
名前　Name	

もんだい1 🔊 N4_1_02

　もんだい1では、まず　しつもんを　聞いて　ください。それから　話を　聞いて、もんだいようしの　1から4の　中から、いちばん　いい　ものを　一つ　えらんで　ください。

れい 🔊 N4_1_03

1　ゆうびんきょくの　前で　まつ
2　ちゃいろい　ビルの　中に　入る
3　コンビニで　買いものを　する
4　しんごうを　わたる

1ばん 🔊 N4_1_04

1

2

3

4

2ばん 🔊 N4_1_05

1 ア イ
2 イ ウ
3 ウ エ
4 ア エ

3ばん 🔊 N4_1_06

1 けんきゅうしつの 前の はこに 入れる

2 メールで おくる

3 先生に ちょくせつ わたす

4 先生に そうだんする

4ばん 🔊 N4_1_07

1

2

3

4

5ばん N4_1_08

6ばん N4_1_09

1 きょう　7時
2 あした　6時
3 あした　8時
4 あさって　6時

7ばん 🔊 N4_1_10

1

2

3

4

8ばん 🔊 N4_1_11

1 もって　かえって、月よう日に　出す
2 もって　かえって、火よう日に　出す
3 ゴミ捨て場に　おいたままに　する
4 女の人に　わたす

もんだい2 🔊 N4_1_12

もんだい2では、まず　しつもんを　聞_きいて　ください。そのあと、もんだいようしを　見_みて　ください。読_よむ　時間_{じかん}が　あります。それから　話_{はなし}を　聞_きいて、もんだいようしの　1から4の　中_{なか}から、いちばん　いい　ものを　一_{ひと}つ　えらんで　ください。

れい 🔊 N4_1_13

1　ピンクの　きもの
2　くろい　きもの
3　ピンクの　ドレス
4　くろい　ドレス

1ばん 🔊 N4_1_14

1　よる　ねるのが　おそいから
2　あさ　はやく　おきられないから
3　あさから　テレビを　見_みて　いるから
4　あさ　犬_{いぬ}と　さんぽに　行_いくから

2ばん 🔊 N4_1_15

1　たった今　ごはんを　食べて　きたところ
2　レポートが　おわってから、ごはんを　食べに　行く
3　今から　ごはんを　食べに　行く
4　もう　すこし　してから、ごはんを　食べに　行く

3ばん 🔊 N4_1_16

1　おなかが　いたいから
2　テストを　うけるのが　いやだから
3　かみを　みじかく　切りすぎたから
4　かぜを　ひいたから

4ばん 🔊 N4_1_17

1　大きい　こえで　話す　こと
2　本を　コピーする　こと
3　パソコンを　使う　こと
4　ジュースを　飲む　こと

5ばん　🔊 N4_1_18

1　だいがくいんに　行く
2　りょうりの　がっこうに　行く
3　かいがいに　行く
4　じぶんの　おみせを　ひらく

6ばん　🔊 N4_1_19

1　3時
2　3時30分
3　4時
4　べつの　日

7ばん　🔊 N4_1_20

1　花の　えの　シャツ
2　花と　ねこの　えの　シャツ
3　ねこの　えの　シャツ
4　ねこと　リボンの　えの　シャツ

もんだい３

　もんだい３では、えを　見ながら　しつもんを　聞いて　ください。→（やじる
し）の　人は　何と　言いますか。１から３の　中から、いちばん　いい　ものを
一つ　えらんで　ください。

れい　◀ N4_1_22

1ばん　🔊 N4_1_23

2ばん　🔊 N4_1_24

3ばん N4_1_25

4ばん N4_1_26

もんだい４ 🔊 N4_1_28

　もんだい4では、えなどが　ありません。まず　ぶんを　聞いて　ください。そ
れから、その　へんじを　聞いて、1から3の　中から、いちばん　いい　ものを
一つ　えらんで　ください。

れい　🔊 N4_1_29

1ばん　🔊 N4_1_30

2ばん　🔊 N4_1_31

3ばん　🔊 N4_1_32

4ばん　🔊 N4_1_33

5ばん　🔊 N4_1_34

6ばん　🔊 N4_1_35

7ばん　🔊 N4_1_36

8ばん　🔊 N4_1_37

聴解

N4
げんごちしき（もじ・ごい）
（30 ぷん）

ちゅうい
Notes

1. しけんが　はじまるまで、この　もんだいようしを　あけないで　ください。
   Do not open this question booklet until the test begins.

2. この　もんだいようしを　もって　かえる　ことは　できません。
   Do not take this question booklet with you after the test.

3. じゅけんばんごうと　なまえを　したの　らんに、じゅけんひょうと
   おなじように　かいて　ください。
   Write your examinee registration number and name clearly in each box below as written on your test voucher.

4. この　もんだいようしは、ぜんぶで　9ページ　あります。
   This question booklet has 9 pages.

5. もんだいには　かいとうばんごうの　1、2、3…　が　あります。
   かいとうは、かいとうようしに　ある　おなじ　ばんごうの　ところに
   マークして　ください。
   One of the row numbers 1, 2, 3 … is given for each question. Mark your answer in the same row of the answer sheet.

じゅけんばんごう　Examinee Registration Number	

なまえ　Name	

もんだい1　＿＿＿の　ことばは　ひらがなで　どう　かきますか。
　　　　　1・2・3・4から　いちばん　いい　ものを　ひとつ　えらんで
　　　　　ください。

（れい）この　りんごが　とても　甘いです。
　　　　1　あかい　　　2　あまい　　　3　あおい　　　4　あらい

（かいとうようし）　| （れい） | ① | ● | ③ | ④ |

1 ぬいだ　上着を　ここに　かけて　ください。
　　1　うえき　　　　2　うわき　　　　3　うわぎ　　　　4　じょうちゃく

2 もっと　強く　おして　ください。
　　1　たかく　　　　2　ひくく　　　　3　つよく　　　　4　よわく

3 すみません、切手を　1まい　ください。
　　1　きて　　　　　2　きって　　　　3　きっぷ　　　　4　きぷ

4 友だちに　地図を　かいて　もらいました。
　　1　ちと　　　　　2　じと　　　　　3　じず　　　　　4　ちず

5 えきまで　走って　いきます。
　　1　そうって　　　2　あるって　　　3　はしって　　　4　のぼって

6 きのう、ゆうめいな　パン屋へ　行きました。
　　1　や　　　　　　2　う　　　　　　3　てん　　　　　4　みせ

7 テレビの　音が　聞こえません。
　　1　おと　　　　　2　こえ　　　　　3　うた　　　　　4　きょく

8 用事が　あって　パーティーに　行けません。
  1　しごと　　　　　2　ようごと　　　　　3　ようす　　　　　4　ようじ

9 あなたの　意見が　聞きたいです。
  1　いけん　　　　　2　いみ　　　　　　　3　いし　　　　　　　4　いじょう

もんだい2　＿＿＿の　ことばは　どう　かきますか。1・2・3・4から
　　　　　いちばん　いい　ものを　ひとつ　えらんで　ください。

（れい）つくえの　うえに　ねこが　います。
　　　　1　上　　　2　下　　　3　左　　　4　右

（かいとうようし）　｜（れい）｜　●　②　③　④　｜

10　わたしは　ピアノを　ならいたいです。

　　1　七い　　　　　2　翌い　　　　　3　習い　　　　　4　学い

11　ちこくした　りゆうを　おしえて　ください。
　　1　理由　　　　　2　自由　　　　　3　理用　　　　　4　事由

12　オウさんは　にほんごの　はつおんが　きれいです。
　　1　元音　　　　　2　発意　　　　　3　完音　　　　　4　発音

13　雨で、しあいが　ちゅうしに　なりました。
　　1　王正　　　　　2　王止　　　　　3　中正　　　　　4　中止

14　あの　とりは　きれいな　こえで　なきます。
　　1　書　　　　　　2　島　　　　　　3　鳥　　　　　　4　事

15　たんじょうびに、父から　とけいを　もらいました。
　　1　時計　　　　　2　詩計　　　　　3　時訂　　　　　4　詩計

もんだい3 （　　　）に　なにを　いれますか。1・2・3・4から　いちばん
　　　　　いい　ものを　ひとつ　えらんで　ください。

（れい）この　おかしは　（　　　）　おいしくないです。
　　　　1　とても　　　　2　すこし　　　　3　あまり　　　　4　しょうしょう

（かいとうようし）　｜（れい）｜ ① ② ● ④ ｜

16　こうえんに　人が　たくさん　（　　　）　います。
　　1　とまって　　　　　　2　きまって　　　　　3　あつまって　　　4　あつめて

17　まいばん、じゅぎょうの　（　　　）を　します。
　　1　よてい　　　　　　　2　よやく　　　　　　3　よしゅう　　　　4　やくそく

18　はじめて　会う　人と　話す　ときは、（　　　）な　ことばを　つかいましょう。
　　1　ていねい　　　　　　2　ふつう　　　　　　3　きゅう　　　　　4　ゆっくり

19　やすみの　日は、よく　（　　　）を　読みます。
　　1　えいが　　　　　　　2　テレビ　　　　　　3　しょうせつ　　　4　ゲーム

20　つかいかたが　わかる　人は　（　　　）　いません。
　　1　だれも　　　　　　　2　だれか　　　　　　3　だれの　　　　　4　だれと

21　父は　やさいを　（　　　）　います。
　　1　よんで　　　　　　　2　うんで　　　　　　3　あそんで　　　　4　そだてて

22　あしたの　パーティーの　（　　　）を　しましょう。
　　1　しあい　　　　　　　2　ようい　　　　　　3　ようじ　　　　　4　しょうかい

23 わたしが （　　　） コーヒーは　おいしいです。

1　した　　　　　　　2　いれた　　　　3　たてた　　　　4　やいた

24 その　日は　つごうが　わるいので、（　　　）の　日が　いいです。

1　とき　　　　　　　2　いい　　　　　3　べつ　　　　　4　いつ

25 （　　　） いしゃに　なりたいです。

1　いつ　　　　　　　2　いつか　　　　3　いつでも　　　4　いつごろ

もんだい4　＿＿＿の　ぶんと　だいたい　おなじ　いみの　ぶんが　あります。
　　　　　1・2・3・4から　いちばん　いい　ものを　ひとつ　えらんで
　　　　　ください。

（れい）　この　へやは　きんえんです。
　　　　　1　この　へやは　たばこを　すっては　いけません。
　　　　　2　この　へやは　たばこを　すっても　いいです。
　　　　　3　この　へやは　たばこを　すわなければ　いけません。
　　　　　4　この　へやは　たばこを　すわなくても　いいです。

（かいとうようし）　　｜（れい）　｜　●　　②　　③　　④　｜

26　りんごは　いちごほど　すきではありません。
　　　1　りんごも　いちごも　きらいです。
　　　2　りんごは　きらいですが、いちごは　すきです。
　　　3　いちごより　りんごの　ほうが　すきです。
　　　4　りんごより　いちごの　ほうが　すきです。

27　わたしは　びょういんに　つとめて　います。
　　　1　わたしは　びょういんで　はたらいて　います。
　　　2　わたしは　びょういんに　かよって　います。
　　　3　わたしは　びょういんで　まって　います。
　　　4　わたしは　びょういんに　むかって　います。

28　この　えの　しゃしんを　とらせて　ください。
　　　1　この　えの　しゃしんを　とりたいです。
　　　2　この　えの　しゃしんを　とって　もらいたいです。
　　　3　この　えの　しゃしんを　とって　ほしいです。
　　　4　この　えの　しゃしんを　とらないで　ほしいです。

29 こちらを　ごらんに　なりますか。

  1　これを　聞きますか。

  2　これを　見ますか。

  3　これを　食べますか。

  4　これを　飲みますか。

30 しゅくだいを　して　いる　ところです。

  1　しゅくだいが　おわりました。

  2　しゅくだいを　かならず　します。

  3　しゅくだいを　いまから　します。

  4　しゅくだいを　して　います。

もんだい5　つぎの　ことばの　つかいかたで　いちばん　いい　ものを
　　　　　　1・2・3・4から　ひとつ　えらんで　ください。

（れい）　こたえる
　　　　1　かんじを　大きく　<u>こたえて</u>　ください。
　　　　2　本を　たくさん　<u>こたえて</u>　ください。
　　　　3　わたしの　はなしを　よく　<u>こたえて</u>　ください。
　　　　4　先生の　しつもんに　ちゃんと　<u>こたえて</u>　ください。

（かいとうようし）　

31　聞こえる
　　　1　先生の　じゅぎょうを　<u>聞こえます</u>。
　　　2　となりの　へやから　こえが　<u>聞こえます</u>。
　　　3　わたしの　はなしを　<u>聞こえて</u>　ください。
　　　4　いっしょに　ラジオを　<u>聞こえましょう</u>。

32　おたく
　　　1　あした　<u>おたく</u>に　うかがっても　いいですか。
　　　2　わたしの　<u>おたく</u>は　とても　きれいです。
　　　3　あした　<u>おたく</u>が　とどきますか。
　　　4　あたらしい　<u>おたく</u>を　さがして　います。

33　さわぐ
　　　1　でんしゃの　中で　<u>さわがないで</u>　ください。
　　　2　デパートで　シャツを　<u>さわぎます</u>。
　　　3　この　ポスターを　かべに　<u>さわいで</u>　ください。
　　　4　この　ビルは　10ねんまえに　<u>さわがれました</u>。

34 デート

  1 ぼうねんかいの　<u>デート</u>は　12月23日です。

  2 ぼうねんかいに　さんかできるか　どうか、<u>デート</u>で　かくにんします。

  3 <u>デート</u>を　もういちど　チェックします。

  4 ぼくは　かのじょと　こうえんで　<u>デート</u>を　しました。

35 せわ

  1 わからなかったので、もういちど　<u>せわ</u>を　して　ください。

  2 兄は　どうぶつの　<u>せわ</u>を　するのが　すきです。

  3 子どもたちは　こうえんで　<u>せわ</u>を　して　います。

  4 きょうから　あたらしい　かいしゃで　<u>せわ</u>します。

N4
言語知識（文法）• 読解
（60分）

注　意
Notes

1. 試験が始まるまで、この問題用紙を開けないでください。

   Do not open this question booklet until the test begins.

2. この問題用紙を持って帰ることはできません。

   Do not take this question booklet with you after the test.

3. 受験番号と名前を下の欄に、受験票と同じように書いてください。

   Write your examinee registration number and name clearly in each box below as written on your test voucher.

4. この問題用紙は、全部で14ページあります。

   This question booklet has 14 pages.

5. 問題には解答番号の　1　、　2　、　3　… があります。
   解答は、解答用紙にある同じ番号のところにマークしてください。

   One of the row numbers　1　,　2　,　3　… is given for each question. Mark your answer in the same row of the answer sheet.

受験番号　Examinee Registration Number	
名前　Name	

もんだい1 （　　　）に　何を　入れますか。1・2・3・4から　いちばん
　　　　　いい　ものを　一つ　えらんで　ください。

(例) あした　京都（　　　　）　行きます。

　　　1　を　　　　2　へ　　　　3　と　　　　4　の

（解答用紙）　　| (例) | ① ● ③ ④ |

---

1 日曜日は　家で　勉強して　いますが、友だちと　（　　　　）　ことも　あります。

　1　出かけ　　　　2　出かける　　3　出かけない　　　4　出かけた

2 先生に　日本語を　教えて　（　　　　）。

　1　いただきました　　　　　　　2　まいりました

　3　くださいました　　　　　　　4　さしあげました

3 この　本は　字が　大きいですから、目が　悪い　人（　　　）　読めます。

　1　でも　　　　　2　だけ　　　3　より　　　　4　なら

4 A「少し　疲れましたね。」
　B「じゃあ、きゅうけい（　　　　）　しましょうか。」

　1　へ　　　　　　2　か　　　　3　で　　　　4　に

5 妹は　おかしを　見ると、いつも　食べ（　　　　）。

　1　ほしい　　　　2　てほしい　　3　たい　　　4　たがる

6 はやく　みなさんの　役に　立てる（　　　）　がんばります。

　1　ために　　　　2　までに　　3　ように　　4　ことに

7 A「いつ　出かけますか。」
　B「シャワーを　あびた（　　　　）、出かけます。」

　1　とき　　　　2　から　　　3　まえに　　4　あとで

8 ぼうしを （　　　　）まま、お寺の　中に　入っては　いけません。
　　1　かぶる　　　　　　2　かぶって　　　3　かぶり　　　　　　　4　かぶった

9 この　部屋は　いまから　使うので、電気を　つけて　（　　　）　ください。
　　1　あって　　　　　　2　おいて　　　　3　みて　　　　　　　4　いて

10 おなかが　いたくて、朝から　何も　（　　　）　いた。
　　1　食べられて　　　2　食べなくて　　3　食べて　　　　　　4　食べないで

11 教室に　着いたら、じゅぎょうが　（　　　　）。
　　1　はじまって　いました　　　　　　2　はじめて　います
　　3　はじまります　　　　　　　　　　4　はじめました

12 夜　おそい　時間に　家に　帰って、父を　（　　　　）。
　　1　おこらせました　　　　　　　　　2　おこられました
　　3　おこって　もらいました　　　　　4　おこって　くれました

13 先週　かした　本を　返して　（　　　　）。
　　1　しませんか　　　　　　　　　　　2　ありませんか
　　3　あげませんか　　　　　　　　　　4　もらえませんか

14 10年（　　　）続いた　せんそうが　とうとう　終わった。
　　1　は　　　　　　　2　で　　　　　3　も　　　　　　　　4　に

15 子どもの　しょうらいを　考えて、夏休み中でも　（　　　　）。
　　1　勉強して　います　　　　　　　　2　勉強させて　います
　　3　勉強させました　　　　　　　　　4　勉強しました

もんだい2 ___★___ に 入る ものは どれですか。1・2・3・4から いちばん
いい ものを 一つ えらんで ください。

（問題例）

本は ＿＿＿＿ ＿＿＿＿ ＿＿★＿＿ ＿＿＿＿ あります。
　　1　の　　　　　2　に　　　　　3　上　　　　　4　つくえ

（答え方）

1. 正しい 文を 作ります。

本は ＿＿＿＿ ＿＿＿＿ ＿＿★＿＿ ＿＿＿＿ あります。
　　4　つくえ　　1　の　　3　上　　2　に
---

2. ___★___ に 入る 番号を 黒く 塗ります。

（解答用紙）　　（例）　① 　② 　● 　④

---

16 田中「山下くん、元気が ないね。どうしたの？」
　　山下「じつは、＿＿＿＿ ＿＿＿＿ ＿＿＿＿ ＿＿★＿ と 言われたんだ。」
　　1　に　　　　　2　くれ　　　　　3　別れて　　　　　4　彼女

17 今日は ＿＿＿＿ ＿＿＿＿ ＿＿★＿＿ ＿＿＿＿ どうですか。
　　1　手ぶくろを　　2　から　　　　3　したら　　　　4　さむい

18 ここで タバコを ＿＿＿＿ ＿＿＿＿ ＿＿＿＿ ＿＿★＿ 知って いますよね。
　　1　いけない　　2　吸っては　　3　ことを　　　　4　という

19 A「田中さんは　もう　もどって　きましたか。」

B「ちょっと ＿＿＿＿ 　★　 ＿＿＿＿ ＿＿＿＿ きます。」

1　見に　　　　　　2　行って　　　　　3　部屋　　　　　　4　まで

20 日本語を　＿★＿ ＿＿＿＿ ＿＿＿＿ ＿＿＿＿ は　ありますか。

1　話す　　　　　　2　たくさん　　　　3　クラス　　　　　4　ことが　できる

もんだい3　21　から　25　に　何を　入れますか。文章の　意味を　考えて、1・2・3・4から　いちばん　いい　ものを　一つ　えらんで　ください。

下の　文章は　留学生が　書いた　作文です。

日本の　夏

アメリア・テイラー

　私が　一番　好きな　きせつ　21　夏です。日本の　夏は　6月から　はじまります。6月は　「梅雨」と　言って　ずっと　雨　22　ふって　います。でも、雨が　ふらないと、野菜や　お米が　大きく　ならないので、「梅雨」は　とても　大切です。「梅雨」は　7月で　終わります。

　7月に　なると、夏休みが　はじまるので、子どもたちは　学校に　23　。子どもたちは　友だちと　24　、プールへ　行ったり、宿題を　したりします。

　8月は　一番　暑い　月です。13日から　15日まで、「お盆休み」に　なります。「お盆休み」には、旅行や、遠くに　住んで　いる　おじいちゃん　おばあちゃんの　家に　行く　人が　多いです。日本の　夏は　暑いですが、海や　プール、花火大会、おまつりなど、おもしろい　ことが　たくさん　あります。25　私は　夏が　大好きです。

21

1　で　　　　　2　に　　　　　3　は　　　　　4　と

22

1　しか　　　　2　ばかり　　　3　より　　　　4　まで

23

1　行かなくても　いいです　　　2　行かなくては　なりません

3　行きたがります　　　　　　　4　行く　ことに　なります

24

1　遊^{あそ}ぶなら　　2　遊^{あそ}べば　　　3　遊^{あそ}んだら　　　4　遊^{あそ}んだり

25

1　だけど　　　　2　だから　　　3　それに　　　4　もし

もんだい4　つぎの⑴から⑷の文章を読んで、質問に答えてください。答えは、1・2・3・4から、いちばんいいものを一つえらんでください。

⑴

美花さんが学校から帰ってきたら、つくえの上に、このメモが置いてありました。

美花へ

　買いものに行ってきます。冷蔵庫の中に、ぶどうが入っているので、宿題が終わったら食べてください。ぶどうは、おばあちゃんが送ってくれました。あとで、いっしょにおばあちゃんに電話をかけましょう。

お母さんより

26　美花さんは、まず何をしなければなりませんか。

1　買いものに行く。

2　ぶどうを食べる。

3　宿題をする。

4　おばあちゃんに電話をかける。

(2)

　この前、友だちと一緒にラーメンを食べに行きました。ラーメンを食べようとしたとき、友だちが「ちょっと待って！　まだ食べないで！」と言って、ラーメンの写真をたくさん撮っていました。友だちが写真を撮り終わったときには、温かいラーメンが冷めてしまって、おいしくなくなってしまいました。最近、ごはんを食べる前に写真を撮る人が増えてきました。私は、料理は一番おいしいときに食べるべきだと思うので、そういうことをしないでほしいと思います。

27　そういうこととはどんなことですか。
　　1　友だちと一緒にごはんを食べに行くこと
　　2　料理が冷めて、おいしくなくなってしまったこと
　　3　食べる前に料理の写真を撮ること
　　4　一番おいしいときに料理を食べること

(3)

インターネットで買い物をしています。

【インターネットで買われるお客様へ】

- 送料は200円です。3,000円以上買うと、送料はかかりません。

- 注文してから3日後に商品をお届けできます。

- 注文した次の日にお届けするサービスをご利用される場合は、300円かかります。

- メッセージカードをつける場合は、100円かかります。

- 商品のキャンセルはできません。

---

28 友だちにプレゼントするため、2,500円のシャツを買うことにしました。あさってには届けたいです。メッセージカードもつけようと思っています。いくらになりますか。

1　2,600円

2　2,800円

3　3,000円

4　3,100円

(4)

　私は、いつも車を運転するとき、歌を歌っています。でも、お母さんは、車を運転すると
きに歌を歌っていると、事故をおこしてしまうかもしれないから、やめたほうがいいと言って
います。車の中だったら歌を歌っても、あまりうるさくないし、とても楽しい気持ちになります。
でも、私は事故をおこさないように、気をつけているし、一度も事故をおこしたことはないの
で、大丈夫だと思っています。

29 この人について、正しいものはどれですか。
1　車を運転していると、いつも楽しい気持ちになる。
2　歌を歌っていて、事故をおこしてしまったことがある。
3　車の運転に気をつけていれば、歌っても大丈夫だと思っている。
4　事故をおこさないために、歌うのをやめることにした。

もんだい5　つぎの文章を読んで、質問に答えてください。答えは、
　　　　　１・２・３・４から、いちばんいいものを一つえらんでください。

これは留学生が書いた作文です。

山田さんの家族と私

アンナ

　先週、私は山田さんの家に遊びに行きました。山田さんの家は、私のアパートから遠いので、電車とバスを使わなければなりません。私は、電車とバスを使うのが初めてなので、「もし、電車とバスを間違えたらどうしよう」と、とても心配でした。私が山田さんに①そのことを伝えると、山田さんはお父さんに、アパートまで車で迎えに来てくれるようにお願いしてくれました。山田さんのお父さんは、すぐに「②もちろん、いいよ」と言ってくれました。

　山田さんの家に着くと、山田さんのお母さんと高校生の妹さんが迎えてくれました。私は山田さんの家族に国で買ってきたおみやげを渡して、「一緒に飲みましょう」と言いました。すると、③みんなは少し困った顔をしました。私が買ってきたおみやげは、ワインでした。私の国では、ワインを飲みながら、みんなでごはんを食べます。しかし、山田さんのお父さんとお母さんはお酒が飲めないし、山田さんと妹さんは、まだお酒を飲んではいけません。私は「失敗した」と思いました。おみやげを買うなら、（　　　　　　　）と思いました。でも、山田さんの家族は、めずらしいワインだからうれしいと言ってよろこんでくれました。

　そして、家族みんなで、たこ焼きを作って食べたり、ゲームをしたり、たくさん話をしたりしました。とても楽しい一日でした。

30 ①<u>そのこと</u>とはどんなことですか。

1 山田さんの家に遊びに行くこと

2 山田さんの家がアパートから遠いこと

3 電車とバスを間違えたこと

4 電車とバスに乗るのが心配なこと

31 お父さんは②<u>「もちろん、いいよ」</u>と言って、何をしてくれましたか。

1 アンナさんに電車とバスの乗り方を教えてくれた。

2 アンナさんのアパートに遊びに来てくれた。

3 車でアンナさんを迎えに来てくれた。

4 山田さんに迎えに来るようにお願いしてくれた。

32 なぜ③<u>みんなは少し困った顔をしました</u>か。

1 山田さんの家族は、だれもワインが飲めないから。

2 山田さんの家族は、おみやげを買っていなかったから。

3 山田さんの家族は、ワインを飲みながら、ごはんを食べないから。

4 山田さんの家族は、お酒を飲んではいけないから。

33 （　　　　）に入れるのに、いちばんいい文はどれですか。

1 めずらしいワインをよろこんでくれてよかった

2 ワインじゃなくてビールにすればよかった

3 国で買ってきたおみやげはよくない

4 家族が好きなものを聞いておいたほうがよかった

もんだい6　右のページを見て、下の質問に答えてください。答えは、
　　　　　 1・2・3・4から、いちばんいいものを一つえらんでください。

34 リーさんはあおぞら市内にあるさくら大学の留学生で、初めてあおぞら大学の図書館に行きます。リーさんは、まず何をしなければいけませんか。

1　大学からもらった利用カードを使って、図書館に入る。
2　受付であおぞら大学の利用カードを作る。
3　借りたい本と利用カードを一緒に受付に出す。
4　コピー申込書を書いて、受付に出す。

35 日曜日にCDを返す人はどうすればいいですか。
1　日曜日以外の日に受付に返す。
2　受付に借りたCDを返す。
3　入口の前の返却ボックスに入れる。
4　図書館に連絡する。

あおぞら大学図書館のご利用について

● **利用できる人**

あおぞら大学の大学生・留学生・先生

あおぞら市内にあるさくら大学・うみの大学の大学生・留学生・先生

● **利用時間**

月曜日〜金曜日　　8：30 〜 20：00

土曜日　　　　　　9：00 〜 17：00

● **利用方法**

あおぞら大学の大学生・留学生・先生が図書館を利用するときは、大学からもらった利用カードを使ってください。

あおぞら大学ではない大学の大学生・留学生・先生が、初めて図書館を利用するときは、受付で利用カードを作ってください。

● **借りるとき**

借りたい本やCDなどと利用カードを一緒に受付に出してください。

本は2週間借りることができます。

CD、DVDは1週間借りることができます。

● **返すとき**

返す本やCDなどを受付に返してください。

図書館が閉まっているときは、入口の前にある返却ボックスに入れてください。

CD、DVDは返却ボックスに入れないで、必ず受付に返してください。

● **注意**

本をコピーするときは、コピー申込書を書いて、受付に出してください。

図書館の本を汚したり、なくしたりした場合は、必ず図書館に連絡してください。

あおぞら大学図書館

N4
聴解
（35分）

N4_Listening_
Test02

注意
Notes

1. 試験が始まるまで、この問題用紙を開けないでください。
   Do not open this question booklet until the test begins.

2. この問題用紙を持って帰ることはできません。
   Do not take this question booklet with you after the test.

3. 受験番号と名前を下の欄に、受験票と同じように書いてください。
   Write your examinee registration number and name clearly in each box below as written on your test voucher.

4. この問題用紙は、全部で15ページあります。
   This question booklet has 15 pages.

5. この問題用紙にメモをとってもいいです。
   You may make notes in this question booklet.

受験番号　Examinee Registration Number	
名前　Name	

もんだい1 🔊 N4_2_02

もんだい1では、まず　しつもんを　聞いて　ください。それから　話を　聞いて、もんだいようしの　1から4の　中から、いちばん　いい　ものを　一つ　えらんで　ください。

れい 🔊 N4_2_03

1　ゆうびんきょくの　前で　まつ
2　ちゃいろい　ビルの　中に　入る
3　コンビニで　買いものを　する
4　しんごうを　わたる

1ばん N4_2_04

2ばん N4_2_05

1 1,000円

2 2,000円

3 3,000円

4 4,000円

3ばん　N4_2_06

1
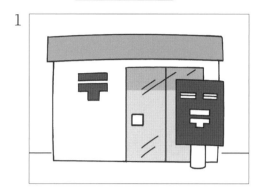

2
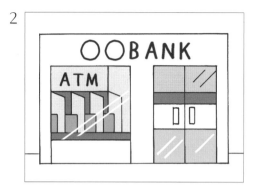

3

4

4ばん　N4_2_07

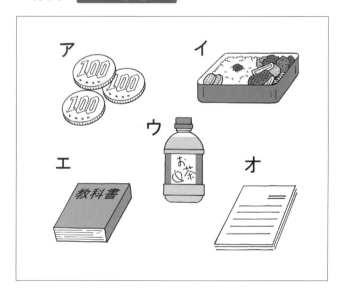

1　ア　イ
2　イ　エ
3　ウ　オ　エ
4　ウ　エ

5ばん N4_2_08

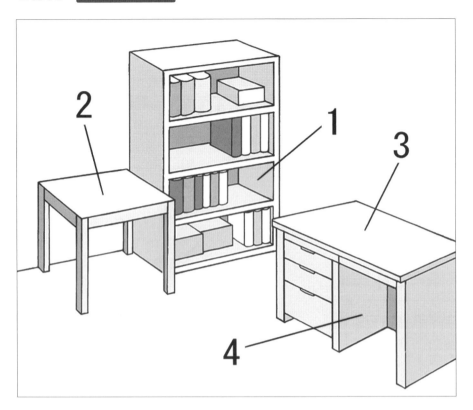

6ばん N4_2_09

1　5時〜11時
2　2時〜4時
3　6時〜10時
4　4時〜10時

7ばん 🔊 N4_2_10

1　山本さん

2　しゃちょう

3　林くん

4　大野さん

8ばん 🔊 N4_2_11

1

2

3

4

もんだい2　🔊 N4_2_12

　もんだい2では、まず　しつもんを　聞いて　ください。そのあと、もんだいようしを　見て　ください。読む　時間が　あります。それから　話を　聞いて、もんだいようしの　1から4の　中から、いちばん　いい　ものを　一つ　えらんで　ください。

れい　🔊 N4_2_13

1　ピンクの　きもの
2　くろい　きもの
3　ピンクの　ドレス
4　くろい　ドレス

1ばん　🔊 N4_2_14

1　やきゅう
2　サッカー
3　バスケットボール
4　さかなつり

2ばん 🔊 N4_2_15

1　月よう日
2　水よう日
3　木よう日
4　金よう日

3ばん 🔊 N4_2_16

1　くるまで　行く
2　でんしゃで　行く
3　あるいて　行く
4　タクシーで　行く

4ばん 🔊 N4_2_17

1　くるまが　おおかったから
2　人が　どうろに　とび出して　きたから
3　けいたいでんわを　見て　いたから
4　くるまに　きが　つかなかったから

5ばん　🔊 N4_2_18

1　まいにち
2　しゅうに　2日^{ふつか}
3　しゅうに　3日^{みっか}
4　しゅうに　4日^{よっか}

6ばん　🔊 N4_2_19

1　女^{おんな}の　人^{ひと}
2　男^{おとこ}の　人^{ひと}
3　行^いく　ときは　男^{おとこ}の　人^{ひと}、かえる　ときは　女^{おんな}の　人^{ひと}
4　くるまで　行^いくのを　やめる

7ばん　🔊 N4_2_20

1　えき
2　じぶんの　家^{いえ}
3　友^{とも}だちの　家^{いえ}
4　びょういん

5ばん　🔊 N4_2_18

1　まいにち
2　しゅうに　2日（ふつか）
3　しゅうに　3日（みっか）
4　しゅうに　4日（よっか）

6ばん　🔊 N4_2_19

1　女（おんな）の　人（ひと）
2　男（おとこ）の　人（ひと）
3　行（い）く　ときは　男（おとこ）の　人（ひと）、かえる　ときは　女（おんな）の　人（ひと）
4　くるまで　行（い）くのを　やめる

7ばん　🔊 N4_2_20

1　えき
2　じぶんの　家（いえ）
3　友（とも）だちの　家（いえ）
4　びょういん

もんだい3 🔊 N4_2_21

　もんだい3では、えを　見ながら　しつもんを　聞いて　ください。→（やじる
し）の　人は　何と　言いますか。1から3の　中から、いちばん　いい　ものを
一つ　えらんで　ください。

れい 🔊 N4_2_22

1ばん

N4_2_23

2ばん

N4_2_24

3ばん N4_2_25

4ばん N4_2_26

もんだい４ 🔊 N4_2_28

　もんだい４では、えなどが　ありません。まず　ぶんを　聞いて　ください。そ
れから、その　へんじを　聞いて、１から３の　中から、いちばん　いい　ものを
一つ　えらんで　ください。

れい 🔊 N4_2_29

1ばん 🔊 N4_2_30

2ばん 🔊 N4_2_31

3ばん 🔊 N4_2_32

4ばん 🔊 N4_2_33

5ばん 🔊 N4_2_34

6ばん 🔊 N4_2_35

7ばん 🔊 N4_2_36

8ばん 🔊 N4_2_37

N4

げんごちしき（もじ・ごい）
（30ぷん）

ちゅうい
Notes

1. しけんが　はじまるまで、この　もんだいようしを　あけないで　ください。
   Do not open this question booklet until the test begins.

2. この　もんだいようしを　もって　かえる　ことは　できません。
   Do not take this question booklet with you after the test.

3. じゅけんばんごうと　なまえを　したの　らんに、じゅけんひょうと
   おなじように　かいて　ください。
   Write your examinee registration number and name clearly in each box
   below as written on your test voucher.

4. この　もんだいようしは、ぜんぶで　9ページ　あります。
   This question booklet has 9 pages.

5. もんだいには　かいとうばんごうの　1、2、3 … が　あります。
   かいとうは、かいとうようしに　ある　おなじ　ばんごうの　ところに
   マークして　ください。
   One of the row numbers 1, 2, 3 … is given for each question. Mark
   your answer in the same row of the answer sheet.

じゅけんばんごう　Examinee Registration Number	

なまえ　Name	

もんだい1 _____の ことばは ひらがなで どう かきますか。
1・2・3・4から いちばん いい ものを ひとつ えらんで
ください。

（れい） この りんごが とても 甘いです。

1 あかい　　　2 あまい　　　3 あおい　　　4 あらい

（かいとうようし）　　| （れい） | ① | ● | ③ | ④ |

---

1 8時に がっこうに 着きました。

1 なき　　　　　2 つき　　　　　3 とどき　　　　4 きき

2 たいふうで、たくさんの どうぶつが 死にしました。

1 あ　　　　　2 き　　　　　3 ふ　　　　　4 し

3 きのう 牛肉を 食べました。

1 とりにく　　　2 ぶたにく　　　3 ぎょうにく　　　4 ぎゅうにく

4 日本の 旅館に はじめて とまりました。

1 ほてる　　　　2 りょかん　　　3 たびかん　　　4 りょうかん

5 きょうは 空が きれいですね。

1 そら　　　　　2 ほし　　　　　3 つき　　　　　4 くう

6 じかんが 足りなくて、できませんでした。

1 あし　　　　　2 そく　　　　　3 あ　　　　　4 た

7 友だちと サッカーの 試合を 見ます。

1 しあう　　　　2 しけん　　　　3 しごう　　　　4 しあい

8 きょうは　この　レストランは　空いて　います。

    1　すいて　　　　　2　ないて　　　　　3　きいて　　　　　4　さいて

9 きのう　デパートに　服を　買いに　行きました。

    1　くつ　　　　　2　かし　　　　　3　ふく　　　　　4　あめ

もんだい2 _____ の ことばは どう かきますか。1・2・3・4から
いちばん いい ものを ひとつ えらんで ください。

（れい） つくえの うえに ねこが います。
　　　　1 上　　　2 下　　　3 左　　　4 右

（かいとうようし）　│（れい）　●　②　③　④　│

---

10 この へやは ひろいです。
　　1 広い　　　　　2 長い　　　　　3 狭い　　　　　4 細い

11 あそこで うたって いるのは たなかさんです。
　　1 踊って　　　　2 歌って　　　　3 笑って　　　　4 怒って

12 どうしたら いいか わからなくて こまって います。
　　1 因って　　　　2 困って　　　　3 国って　　　　4 目って

13 えきの まえで 友だちと わかれました。
　　1 集れ　　　　　2 別れ　　　　　3 急れ　　　　　4 回れ

14 この みせの ラーメンは とくに おいしいです。
　　1 持に　　　　　2 待に　　　　　3 特に　　　　　4 地に

15 友だちに おもしろい えいがを しょうかいしました。
　　1 招待　　　　　2 紹介　　　　　3 介紹　　　　　4 待招

もんだい3 （　　　）に　なにを　いれますか。1・2・3・4から　いちばん
　　　　　　いい　ものを　ひとつ　えらんで　ください。

（れい）　この　おかしは　（　　　）　おいしくないです。
　　　　　1　とても　　　　2　すこし　　　　3　あまり　　　　4　しょうしょう

（かいとうようし）　┃（れい）┃① ② ● ④┃

16 むずかしい　かんじを　かくのは　まだ　（　　　）　です。
　　1　むり　　　　　　2　じょうず　　　　　　3　すき　　　　　4　きらい

17 おいしそうな　（　　　）　が　します。
　　1　こえ　　　　　　2　あじ　　　　　　　　3　いろ　　　　　4　におい

18 ねぼうして　しけんに　（　　　）　しまいました。
　　1　わすれて　　　　2　おくれて　　　　　　3　まにあって　　　4　さんかして

19 じこの　ニュースを　見て、（　　　）しました。
　　1　はっきり　　　　2　そっくり　　　　　　3　しっかり　　　　4　びっくり

20 いそがしくて　（　　　）　メールの　チェックが　できません。
　　1　しょうしょう　　2　やっと　　　　　　　3　なかなか　　　　4　むりに

21 友だち（　　　）に　先生も　パーティーに　きます。
　　1　いない　　　　　2　いか　　　　　　　　3　いじょう　　　　4　いがい

22 この　あたりは　（　　　）　が　ふべんです。
　　1　どうろ　　　　　2　こうつう　　　　　　3　くうこう　　　　4　えき

23 10時に　友だちと　会いますから、でかける　（　　　　）を　します。

1　じゅんび　　　　2　れんらく　　　　　　3　あんない　　　　4　へんじ

24 にもつが　おもくて　（　　　　）が　いたい。

1　かお　　　　　　2　のど　　　　　　　　3　はな　　　　　　4　うで

25 わたしの　くにには、（　　　　）　どうぶつが　います。

1　めずらしい　　　2　めったに　　　　　　3　むずかしい　　　4　すくない

もんだい4　　　　の　ぶんと　だいたい　おなじ　いみの　ぶんが　あります。
　　　　　　1・2・3・4から　いちばん　いい　ものを　ひとつ　えらんで
　　　　　　ください。

（れい）　この　へやは　きんえんです。

　　　　1　この　へやは　たばこを　すっては　いけません。

　　　　2　この　へやは　たばこを　すっても　いいです。

　　　　3　この　へやは　たばこを　すわなければ　いけません。

　　　　4　この　へやは　たばこを　すわなくても　いいです。

（かいとうようし）　　│（れい）　│　●　②　③　④　│

26　なまえを　かく　ひつようは　ありません。

　　1　なまえを　かいても　いいです。

　　2　なまえを　かかなくても　いいです。

　　3　なまえを　かいては　いけません。

　　4　なまえを　かかなくては　いけません。

27　この　へやは　ひえますね。

　　1　この　へやは　さむいですね。

　　2　この　へやは　あたたかいですね。

　　3　この　へやは　あかるいですね。

　　4　この　へやは　くらいですね。

28　わたしは　どくしんです。

　　1　わたしは　かぞくが　いません。

　　2　わたしは　友だちが　いません。

　　3　わたしは　しごとして　いません。

　　4　わたしは　けっこんして　いません。

29　きょうしつに　おおぜいの　人が　います。

　　1　きょうしつに　何人か　います。

　　2　きょうしつに　だれも　いません。

　　3　きょうしつに　たくさん　人が　います。

　　4　きょうしつに　まあまあ　人が　います。

30　おとうとは　とても　よろこびました。

　　1　おとうとは　とても　たのしかったです。

　　2　おとうとは　とても　はずかしかったです。

　　3　おとうとは　とても　うれしかったです。

　　4　おとうとは　とても　かなしかったです。

もんだい5　つぎの　ことばの　つかいかたで　いちばん　いい　ものを
　　　　　　1・2・3・4から　ひとつ　えらんで　ください。

（れい）　こたえる

　　　1　かんじを　大きく　こたえて　ください。

　　　2　本を　たくさん　こたえて　ください。

　　　3　わたしの　はなしを　よく　こたえて　ください。

　　　4　先生の　しつもんに　ちゃんと　こたえて　ください。

（かいとうようし）　　| （れい） | ① 　② 　③ 　● |

31　かわく

　　　1　いい　てんきだったので、せんたくものが　よく　かわきました。

　　　2　ひるごはんを　食べなかったので、おなかが　かわきました。

　　　3　よく　べんきょうしたので、あたまが　かわきました。

　　　4　テニスを　したので、からだが　かわきました。

32　しょうらい

　　　1　この　いぬは　しょうらい　大きく　なります。

　　　2　しょうらいは　おかねもちに　なりたいです。

　　　3　しょうらい　8時から　友だちが　きます。

　　　4　よる　ねないと、しょうらい　ちこくしますよ。

33　りっぱ

　　　1　もっと　りっぱに　そうじして　ください。

　　　2　ずっと　りっぱな　雨が　ふって　いますね。

　　　3　りっぱだと　おもいますが、がんばって　ください。

　　　4　りっぱな　スピーチでしたね。

34 くばる

1 はなに　みずを　くばります。

2 先生が　テストの　もんだいようしを　くばります。

3 コーヒーに　さとうを　くばります。

4 お母さんは　あかちゃんに　ミルクを　くばります。

35 やむ

1 やっと　ゆきが　やみました。

2 すきだった　先生が　やみました。

3 がっこうの　まえで　くるまが　やみました。

4 子どもが　ないて　いましたが、やみました。

N4

言語知識 (文法)・読解

(60分)

注意

Notes

1. 試験が始まるまで、この問題用紙を開けないでください。

   Do not open this question booklet until the test begins.

2. この問題用紙を持って帰ることはできません。

   Do not take this question booklet with you after the test.

3. 受験番号と名前を下の欄に、受験票と同じように書いてください。

   Write your examinee registration number and name clearly in each box below as written on your test voucher.

4. この問題用紙は、全部で14ページあります。

   This question booklet has 14 pages.

5. 問題には解答番号の　1 　、　2 　、　3 　… があります。

   解答は、解答用紙にある同じ番号のところにマークしてください。

   One of the row numbers 1 , 2 , 3 … is given for each question. Mark your answer in the same row of the answer sheet.

受験番号　Examinee Registration Number	

名前　Name	

もんだい1　（　　　）に　何を　入れますか。1・2・3・4から　いちばん
　　　　　いい　ものを　一つ　えらんで　ください。

___

（例）　あした　京都（　　　　）　行きます。

　　　1　を　　　　2　へ　　　3　と　　　　4　の

（解答用紙）　　　| （例） | ① | ● | ③ | ④ |

___

1　休みの　日は　いつも　母（　　　　）　料理を　するのを　手伝います。

　　1　は　　　　　　2　を　　　　　　　3　に　　　　　　4　が

2　鈴木さんは　頭も　（　　　　）　スポーツも　できます。

　　1　いいから　　2　よかったから　　3　よかったし　　4　いいし

3　これから　スーパーへ　行く　（　　　　）です。

　　1　ところ　　　2　とき　　　　　　3　こと　　　　　4　ほう

4　家を　出てから　忘れもの（　　　）　気が　つきました。

　　1　が　　　　　2　を　　　　　　　3　で　　　　　4　に

5　漢字の　（　　　　）を　教えて　ください。

　　1　書きかた　　2　書くかた　　　　3　書かせかた　　4　書かれかた

6　この　くすりは　いたい　とき（　　　）　飲んで　ください。

　　1　で　　　　　2　に　　　　　　　3　や　　　　　4　の

7　田中さんに　聞きましたよ。あしたは　（　　　　）そうです。

　　1　ひまの　　　2　ひまな　　　　　3　ひまだ　　　4　ひま

8　あの　二人は　先月　けっこんした　（　　　　）です。

　　1　ところ　　　2　あいだ　　　　　3　ばかり　　　4　とき

9 A「どの　ぼうしが　いいですか。」
　　B「赤い（　　　）が　いいです。」
　　1　と　　　　　　　2　こと　　　　　　　3　の　　　　　　　4　な

10 （　　　）じょうぶな　自転車が　ほしいです。
　　1　かるさで　　　　2　かるくて　　　　　3　かるいで　　　　4　かるさの

11 A「レストランが　しまって　いますね。」
　　B「ええ。でも　もうすぐ　（　　　）。」
　　1　あくです　　　　2　あくでしょう　　　3　あきました　　　4　あきましょう

12 きのうは　3時間しか　（　　　）。
　　1　ねました　　　　　　　　　　　2　ねませんでした
　　3　おきました　　　　　　　　　　4　おきませんでした

13 母に　（　　　）ように　きらいな　魚を　全部　食べました。
　　1　しからない　　2　しかれない　　　3　しかられない　　4　しからせない

14 ぐあいが　悪いので、あしたは　（　　　）。
　　1　休ませても　いいですか　　　　　2　休ませて　ください
　　3　休んで　くれませんか　　　　　　4　休みたいですか

15 私は　兄弟が　いませんが、ペットを　かってからは、（　　　）。
　　1　さびしく　なくなりました　　　　2　さびしく　なりました
　　3　さびしく　なりそうです　　　　　4　さびしかったです

もんだい2　___★___に　入る　ものは　どれですか。1・2・3・4から　いちばん
　　　　　　いい　ものを　一つ　えらんで　ください。

（問題例）

　　　本は　_____　_____　__★__　_____　あります。
　　　　1　の　　　　　2　に　　　　3　上　　　　4　つくえ

（答え方）

1. 正しい　文を　作ります。

> 　　　本は　_____　_____　__★__　_____　あります。
> 　　　　　4　つくえ　　1　の　　3　上　　2　に

2. __★__に　入る　番号を　黒く　塗ります。

　　　　　　　　　　　（解答用紙）　　（例）　①　②　●　④

---

16 毎日　カレーを　_____　__★__　_____　_____　に　なります。
　　1　ばかり　　　　　2　食べさせられて　3　で　　　　　　　4　いや

17 両親に　_____　_____　__★__　_____　つもりです。
　　1　反対　　　　　2　する　　　　　3　されても　　　4　留学

18 前は　きらいだったけれど、_____　_____　__★__　_____。
　　1　ように　　　　2　バナナが　　　3　なった　　　　4　食べられる

19 料理が　__★__　_____　_____　_____　です。食べて　みて　ください。
　　1　ケーキ　　　　2　姉が　　　　　3　上手な　　　　4　作った

20 A「部長の　お誕生日の　プレゼントは、もう　買いましたか。」

B「はい。部長が ＿＿＿＿ ＿＿＿＿ ★＿＿＿ ＿＿＿＿ しました。」

1　お酒を　　　　　2　さしあげる　　　3　好きな　　　　　4　ことに

もんだい3　21 から 25 に 何を 入れますか。文章の 意味を 考えて、1・2・3・4から いちばん いい ものを 一つ えらんで ください。

下の 文章は 留学生が 書いた 作文です。

京都の 旅行

アルベルト

　先週 私は 京都に 行きました。京都 21 古い 神社や お寺が たくさん あります。私が 一番 おもしろいと 思った お寺は、金閣寺です。金閣寺は 足利義満と いう 人に よって 1394年に 22 。金閣寺は 金色で、とても きれいでした。そして、金閣寺の 庭 23 きれいだと 思いました。

　私は 金閣寺の 写真を たくさん 撮りました。そのとき、日本人の 学生が 私に 「すみません、 24 」と 聞きました。私は 「もちろん、いいですよ。」と 言って、写真を 撮って あげました。写真を 撮った あと、日本人の 学生と 日本語で いろいろ 話しました。とても 楽しかったです。

　私は 京都が とても 好きに なりました。また 25 京都に 行きたいです。

21

　　1　には　　　　　　　2　では　　　　　　　3　からは　　　　　　4　までは

22

　　1　建_たって　いました　　　　　　2　建_たてさせました
　　3　建_たてようと　しました　　　　　4　建_たてられました

23

　　1　で　　　　　　　　2　に　　　　　　　　3　も　　　　　　　　4　から

24

　　1　写真_{しゃしん}を　撮_とって　あげましょうか　　　　2　写真_{しゃしん}を　撮_とったら　どうですか
　　3　写真_{しゃしん}を　撮_とって　いただけませんか　　　4　写真_{しゃしん}を　お撮_とりしましょうか

25

　　1　どこか　　　　　　2　いつか　　　　　　3　だれか　　　　　　4　どれか

もんだい4　つぎの⑴から⑷の文章を読んで、質問に答えてください。答えは、1・2・3・4から、いちばんいいものを一つえらんでください。

⑴
町のお掃除ボランティアの人がこのメモをもらいました。

お掃除ボランティアのみなさんへ

　毎週土曜日にやっている、町のお掃除ボランティアですが、いつも集まっている公園が工事で、使えません。そこで、来週から、集まる場所を公園ではなく、駅前の駐車場にすることにしました。時間はいつもと同じです。朝9時に、ごみ袋を持って駐車場に来てください。何かわからないことがあったら、田中さんに連絡してください。

26　このメモで一番伝えたいことは何ですか。
1　いつも使っている公園が工事をすること
2　集まる場所が駅前の駐車場になったということ
3　集まる場所と時間が変わったということ
4　田中さんに連絡してほしいということ

(2)

　お酒は体によくないから、飲まないという人がいます。しかし、お酒を飲むと、気分がよくなり、ストレスを減らすことができるという人もいます。ただし、毎日お酒を飲み続けたり、一回にたくさんのお酒を飲んだりするのはやめましょう。また、何も食べないで、お酒だけを飲む飲み方も、体にはよくないので、注意してください。

27　お酒の飲み方としていいものはどれですか。

　　1　ごはんなどを食べながら、お酒を飲む。

　　2　ストレスを減らしながら、お酒を飲む。

　　3　毎日お酒を飲み続ける。

　　4　一回にたくさんのお酒を飲む。

(3)

山川さんの机(つくえ)の上に、このメモが置(お)いてありました。

山川さんへ

今日、会議(かいぎ)をする部屋(へや)はせますぎるので、もう少し大きい部屋(へや)に変(か)えてもらえますか。

会議(かいぎ)で使うパソコンは、私が用意(ようい)しておきます。

田中くんが資料(しりょう)をコピーするのを手伝(てつだ)ってくれました。資料(しりょう)は机(つくえ)の上に置(お)いておきます。

今日の会議(かいぎ)は長くなりそうですが、がんばりましょう。

上田

---

28 山川さんは、何をしなければいけませんか。

1 大きい部屋(へや)を新しく予約(よやく)する。
2 会議(かいぎ)で使うパソコンを用意(ようい)する。
3 田中くんのコピーを手伝(てつだ)う。
4 資料(しりょう)を机(つくえ)の上に置(お)いておく。

(4)

　私は、先月から動物園のアルバイトを始めました。仕事は、動物園に来るお客さんを案内したり、お客さんに動物について説明したりすることです。子どもたちには、動物のことがいろいろわかるように、動物の絵や写真を見せながら、わかりやすく話すようにしています。毎日忙しいですが、かわいい動物に会えて、とても楽しいです。

29 この人の仕事ではないものはどれですか。

　1　お客さんに動物園の中を案内してあげる。

　2　動物園に来たお客さんに動物について説明する。

　3　子どもたちに動物の絵や写真をあげる。

　4　動物のことについてわかりやすく話す。

もんだい５　つぎの文章を読んで、質問に答えてください。答えは、
　　　　　　１・２・３・４から、いちばんいいものを一つえらんでください。

　日本人は、だれかの話を聞いているあいだ、たくさんあいづちを打つ。あいづちを
打つとは、何回も「うん、うん」や「へー」、「そうですね」と言ったり、頭を上下にふっ
たりすることだ。あいづちは、「あなたの話を聞いていますよ」、「どうぞ、話を続けてくだ
さい」ということを伝えるためのものである。

　しかし、外国では、人の話を聞くときは、相手の目を見て、話し終わるまで、何も言
わないほうがいいと考える文化もある。もし、その人と日本人が話すことがあったら、話
している外国人には、話を聞いている日本人が「うん、うん」、「はい、はい」などのこと
ばを言い続けるので、①うるさいと思う人もいるだろう。反対に、日本人は話をしている
とき、外国人があいづちを打たないので、②不安に思ってしまうことが多いのではない
かと思う。

　文化が違うと、コミュニケーションの方法も違う。だから、日本人と外国人では、
「（　　　　　　　　）」ということを伝える方法が違うことを理解して、コミュニケーションのやり
かたを考えたほうがいい。そうすれば、あいづちを打っても、打たなくても、気持ちよく
コミュニケーションができるはずである。

30 なぜ①うるさいと思う人もいるのですか。

1 日本人は、相手が話し終わるまで、相手の目を見ているから。

2 日本人は、だれかが話しているときに、たくさんあいづちを打つから。

3 日本人は、あいづちを打たないで、たくさん話しているから。

4 日本人は、「うん、うん」、「はい、はい」しか言わないから。

31 なぜ②「不安に思ってしまう」のですか。

1 相手が、目をずっと見続けてくるから。

2 相手が、何回も「うん、うん」、「はい、はい」とあいづちを打つから。

3 相手が、話を聞いていないのではないかと思うから。

4 相手が、うるさいと思っているかどうかわからないから。

32 （　　　）に入れるのに、一番いい文はどれですか。

1 「うん、うん」、「はい、はい」「へー」「なるほど」

2 聞いているかどうか不安です

3 何も言わないほうがいい

4 私はあなたの話を聞いていますよ

33 この文章を書いた人はどんな意見を持っていますか。

1 文化が違うことを理解して、よりよいコミュニケーションのやりかたを考えてみよう。

2 外国人に日本の文化を理解してもらうために、たくさんあいづちを打つべきだ。

3 文化が違う人とコミュニケーションをとることは難しいので、あきらめたほうがいい。

4 あいづちを打つと外国人にうるさいと思われるので、あいづちを打つべきではない。

もんだい6　右のページを見て、下の質問に答えてください。答えは、
　　　　　　1・2・3・4から、いちばんいいものを一つえらんでください。

　キムさんは自転車がほしいと思っています。大学で、いらない自転車を人にあげるというお知らせを読んでいます。

34 キムさんは3人に電話で質問しようと思っています。今は木曜日の午後3時です。だれに連絡できますか。

1　前田さん

2　中山さん

3　前田さんとトムさん

4　前田さんと中山さんとトムさん

35 キムさんは5,000円ぐらいまでお金を払うつもりです。どの自転車をもらいますか。

1　A

2　B

3　C

4　もらわない

いらない自転車をさしあげます！

A

　1年前に**12,000**円で買いましたが、買った値段から**50**％安くして、ほしい人にあげます。あまり使わなかったので、とてもきれいで、壊れているところもありません。

　月曜日、火曜日、金曜日は授業とアルバイトがあるので、電話に出られないと思います。それ以外の日に電話してください。できれば午後がいいです。家まで無料で届けに行きます。

前田：**090-0000-0000**

B

　車を買ったので、自転車がいらなくなりました。高校のとき、３年間使いました。少し壊れているところがありますが、直せばすぐに乗れます。値段は**7,000**円ですが、家まで取りに来てくれるなら、**2,000**円安くします。家は大学から歩いて**5**分くらいのところにあります。

　月曜日から金曜日までは授業で忙しいので、電話に出られません。ほしい人は必ず土日に電話してください。

中山：**044-455-6666**

C

　古い自転車をただであげます。かなり古いので、自転車のお店で直してもらわなければいけないと思います。お店の人に聞いたら、直すのに**5,000**円くらいかかると言われました。家まで自転車を届けるので、**1,000**円お願いします。

　質問がある人は、何でも聞いてください。午後はアルバイトがあるので電話に出られませんが、午前中ならいつでも大丈夫です。

トム：**090-1111-1111**

N4

ちょうかい
聴解
（35分）
ふん

N4_Listening_
Test03

注意
ちゅう　　い

Notes

1. 試験が始まるまで、この問題用紙を開けないでください。
   しけん　はじ　　　　　　　　　　　もんだいようし　　あ

   Do not open this question booklet until the test begins.

2. この問題用紙を持って帰ることはできません。
   もんだいようし　　も　　かえ

   Do not take this question booklet with you after the test.

3. 受験番号と名前を下の欄に、受験票と同じように書いてください。
   じゅけんばんごう　なまえ　した　らん　じゅけんひょう　おな　　　　　か

   Write your examinee registration number and name clearly in each box
   below as written on your test voucher.

4. この問題用紙は、全部で15ページあります。
   もんだいようし　　ぜんぶ

   This question booklet has 15 pages.

5. この問題用紙にメモをとってもいいです。
   もんだいようし

   You may make notes in this question booklet.

受験番号　Examinee Registration Number	
じゅけんばんごう	

名前　Name	
なまえ	

もんだい1　🔊)) N4_3_02

　もんだい1では、まず　しつもんを　聞いて　ください。それから　話を　聞いて、もんだいようしの　**1**から**4**の　中から、いちばん　いい　ものを　一つ　えらんで　ください。

れい　🔊)) N4_3_03

1　ゆうびんきょくの　前で　まつ
2　ちゃいろい　ビルの　中に　入る
3　コンビニで　買いものを　する
4　しんごうを　わたる

1ばん 🔊 N4_3_04

1

2

3

4

2ばん 🔊 N4_3_05

1

2

3

4
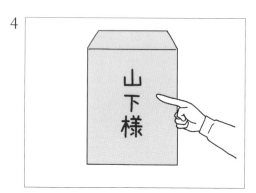

3ばん 🔊 N4_3_06

1 1,500円
2 1,800円
3 2,000円
4 2,500円

4ばん 🔊 N4_3_07

1 301の きょうしつに 行く
2 とけいを もって 行く
3 ボールペンで かく
4 かばんを うしろの テーブルに おく

5ばん ◀» N4_3_08

ア　イ

ウ　エ

1　ア　イ
2　イ　エ
3　イ　ウ
4　ウ　エ

6ばん ◀» N4_3_09

7ばん　🔊 N4_3_10

1　先生
せんせい

2　としょかんの　人
ひと

3　ほかの　学生
がくせい

4　林くん
はやし

8ばん　🔊 N4_3_11

1

2

3
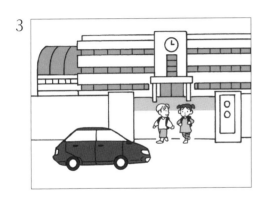

4

第3回

聴解

もんだい2　🔊 N4_3_12

　　もんだい2では、まず　しつもんを　聞いて　ください。そのあと、もんだいようしを　見て　ください。読む　時間が　あります。それから　話を　聞いて、もんだいようしの　1から4の　中から、いちばん　いい　ものを　一つ　えらんで　ください。

れい　🔊 N4_3_13

1　ピンクの　きもの
2　くろい　きもの
3　ピンクの　ドレス
4　くろい　ドレス

1ばん　🔊 N4_3_14

1　4時
2　5時30分
3　6時
4　6時30分

2ばん 🔊 N4_3_15

1　おいしく　ないから

2　おなかが　いたいから

3　おひるに　カレーを　食べたから

4　びょうきに　なったから

3ばん 🔊 N4_3_16

1　お肉

2　飲みもの

3　タオル

4　いす

4ばん 🔊 N4_3_17

1　山田さんが　おなじ　おみせで　はたらいて　いるから

2　あまり　いそがしく　ないから

3　おみせの　人が　やさしくて、おもしろいから

4　おんがくが　すきだから

5ばん 🔊 N4_3_18

1 　ゲームを　やりすぎて　いるから
2 　テストで　100てんが　とれないから
3 　ゲームを　かえして　くれないから
4 　いっしょうけんめい　べんきょうしないから

6ばん 🔊 N4_3_19

1 　3人
2 　4人
3 　5人
4 　6人

7ばん 🔊 N4_3_20

1 　ネックレス
2 　ハンカチ
3 　ケーキ
4 　コップ

もんだい３  N4_3_21

もんだい３では、えを　見ながら　しつもんを　聞いて　ください。→（やじる
し）の　人は　何と　言いますか。1から3の　中から、いちばん　いい　ものを
一つ　えらんで　ください。

れい　 N4_3_22

1ばん 🔊 N4_3_23

2ばん 🔊 N4_3_24

3ばん N4_3_25

4ばん N4_3_26

もんだい４ 🔊 N4_3_28

　もんだい4では、えなどが　ありません。まず　ぶんを　聞いて　ください。それから、その　へんじを　聞いて、1から3の　中から、いちばん　いい　ものを　一つ　えらんで　ください。

れい　🔊 N4_3_29

1ばん　🔊 N4_3_30

2ばん　🔊 N4_3_31

3ばん　🔊 N4_3_32

4ばん　🔊 N4_3_33

5ばん　🔊 N4_3_34

6ばん　🔊 N4_3_35

7ばん　🔊 N4_3_36

8ばん　🔊 N4_3_37

ごうかくもし かいとうようし
N4 げんごちしき (もじ・ごい)

第1回

じゅけんばんごう
Examinee Registration Number

なまえ
Name

もんだい1

	1	2	3	4
1	①	②	③	④
2	①	②	③	④
3	①	②	③	④
4	①	②	③	④
5	①	②	③	④
6	①	②	③	④
7	①	②	③	④
8	①	②	③	④
9	①	②	③	④

もんだい2

	1	2	3	4
10	①	②	③	④
11	①	②	③	④
12	①	②	③	④
13	①	②	③	④
14	①	②	③	④
15	①	②	③	④

もんだい3

	1	2	3	4
16	①	②	③	④
17	①	②	③	④
18	①	②	③	④
19	①	②	③	④
20	①	②	③	④
21	①	②	③	④
22	①	②	③	④
23	①	②	③	④
24	①	②	③	④
25	①	②	③	④

もんだい4

	1	2	3	4
26	①	②	③	④
27	①	②	③	④
28	①	②	③	④
29	①	②	③	④
30	①	②	③	④

もんだい5

	1	2	3	4
31	①	②	③	④
32	①	②	③	④
33	①	②	③	④
34	①	②	③	④
35	①	②	③	④

〈ちゅうい Notes〉

1. くろいえんぴつ (HB、No.2) でか
いてください。
Use a black medium soft (HB or No.2)
pencil.
(ペンやボールペンではかかないでく
ださい。)
(Do not use any kind of pen.)

2. かきなおすときは、けしゴムできれ
いにけしてください。
Erase any unintended marks completely.

3. きたなくしたり、おったりしないでく
ださい。
Do not soil or bend this sheet.

4. マークれい Marking Examples

よいれい Correct Example	わるいれい Incorrect Examples
●	⊗ ◯ ◍ ⦸ ◑ ●

ごうかくもし　かいとうようし

N4 げんごちしき (ぶんぽう)・どっかい

第1回

じゅけんばんごう
Examinee Registration Number

なまえ
Name

〈ちゅうい　Notes〉

1. 〈ろいえんぴつ (HB、No.2) でか
いてください。
Use a black medium soft (HB or No.2)
pencil.
(ペンやボールペンではかかないでく
ださい。)
(Do not use any kind of pen.)

2. かきなおすときは、けしゴムできれ
いにけしてください。
Erase any unintended marks completely.

3. きたなくしたり、おったりしないでく
ださい。
Do not soil or bend this sheet.

4. マークれい Marking Examples

よいれい Correct Example	わるいれい Incorrect Examples
●	⊘ ⊖ ○ ◎ ⦸ ⊗ ◑

もんだい1

1	①	②	③	④
2	①	②	③	④
3	①	②	③	④
4	①	②	③	④
5	①	②	③	④
6	①	②	③	④
7	①	②	③	④
8	①	②	③	④
9	①	②	③	④
10	①	②	③	④
11	①	②	③	④
12	①	②	③	④
13	①	②	③	④
14	①	②	③	④
15	①	②	③	④

もんだい2

16	①	②	③	④
17	①	②	③	④
18	①	②	③	④
19	①	②	③	④
20	①	②	③	④

もんだい3

21	①	②	③	④
22	①	②	③	④
23	①	②	③	④
24	①	②	③	④
25	①	②	③	④

もんだい4

26	①	②	③	④
27	①	②	③	④
28	①	②	③	④
29	①	②	③	④

もんだい5

30	①	②	③	④
31	①	②	③	④
32	①	②	③	④
33	①	②	③	④

もんだい6

34	①	②	③	④
35	①	②	③	④

142

N4 ちょうかい

第1回

じゅけんばんごう Examinee Registration Number

なまえ
Name

〈ちゅうい Notes〉

1. くろいえんぴつ (HB、No.2) でかいてください。
Use a black medium soft (HB or No.2) pencil.
(ペンやボールペンではかかないでください。)
(Do not use any kind of pen.)

2. かきなおすときは、けしゴムできれいにけしてください。
Erase any unintended marks completely.

3. きたなくしたり、おったりしないでください。
Do not soil or bend this sheet.

4. マークれい Marking Examples

よいれい Correct Example	わるいれい Incorrect Examples
●	⊘ ⊗ ◎ ○ ⬤ ◍ ⊖

もんだい1

	1	2	3	4
れい	①	②	③	●
1	①	②	③	④
2	①	②	③	④
3	①	②	③	④
4	①	②	③	④
5	①	②	③	④
6	①	②	③	④
7	①	②	③	④
8	①	②	③	④

もんだい2

	1	2	3	4
れい	①	②	●	④
1	①	②	③	④
2	①	②	③	④
3	①	②	③	④
4	①	②	③	④
5	①	②	③	④
6	①	②	③	④
7	①	②	③	④

もんだい3

	1	2	3
れい	●	②	③
1	①	②	③
2	①	②	③
3	①	②	③
4	①	②	③
5	①	②	③

もんだい4

	1	2	3
れい	●	②	③
1	①	②	③
2	①	②	③
3	①	②	③
4	①	②	③
5	①	②	③
6	①	②	③
7	①	②	③
8	①	②	③

N4 げんごちしき (もじ・ごい)

じゅけんばんごう
Examinee Registration Number

なまえ
Name

〈ちゅうい Notes〉

1. くろいえんぴつ (HB、No.2) でか
   いてください。
   Use a black medium soft (HB or No.2)
   pencil.
   (ペンやボールペンではかかないでく
   ださい。)
   (Do not use any kind of pen.)

2. かきなおすときは、けしゴムできれ
   いにけしてください。
   Erase any unintended marks completely.

3. きたなくしたり、おったりしないでく
   ださい。
   Do not soil or bend this sheet.

4. マークれい Marking Examples

よいれい Correct Example	わるいれい Incorrect Examples
●	⊗ ⊘ ⊙ ○ ◑ ⦸ ⊖

もんだい1

1	①	②	③	④
2	①	②	③	④
3	①	②	③	④
4	①	②	③	④
5	①	②	③	④
6	①	②	③	④
7	①	②	③	④
8	①	②	③	④
9	①	②	③	④

もんだい2

10	①	②	③	④
11	①	②	③	④
12	①	②	③	④
13	①	②	③	④
14	①	②	③	④
15	①	②	③	④

もんだい3

16	①	②	③	④
17	①	②	③	④
18	①	②	③	④
19	①	②	③	④
20	①	②	③	④
21	①	②	③	④
22	①	②	③	④
23	①	②	③	④
24	①	②	③	④
25	①	②	③	④

もんだい4

26	①	②	③	④
27	①	②	③	④
28	①	②	③	④
29	①	②	③	④
30	①	②	③	④

もんだい5

31	①	②	③	④
32	①	②	③	④
33	①	②	③	④
34	①	②	③	④
35	①	②	③	④

N4 げんごちしき (ぶんぽう)・どっかい

じゅけんばんごう
Examinee Registration Number

なまえ
Name

〈ちゅうい Notes〉

1. くろいえんぴつ (HB、No.2) でか いてください。
Use a black medium soft (HB or No.2) pencil.
（ペンやボールペンではかかないでく ださい。）
(Do not use any kind of pen.)

2. かきなおすときは、けしゴムできれ いにけしてください。
Erase any unintended marks completely.

3. きたなくしたり、おったりしないでく ださい。
Do not soil or bend this sheet.

4. マークれい Marking Examples

よいれい Correct Example	わるいれい Incorrect Examples
●	⊗ ◇ ◯ ◑ ⬤ ⊖ ◓

もんだい1

1	① ② ③ ④
2	① ② ③ ④
3	① ② ③ ④
4	① ② ③ ④
5	① ② ③ ④
6	① ② ③ ④
7	① ② ③ ④
8	① ② ③ ④
9	① ② ③ ④
10	① ② ③ ④
11	① ② ③ ④
12	① ② ③ ④
13	① ② ③ ④
14	① ② ③ ④
15	① ② ③ ④

もんだい2

16	① ② ③ ④
17	① ② ③ ④
18	① ② ③ ④
19	① ② ③ ④
20	① ② ③ ④

もんだい3

21	① ② ③ ④
22	① ② ③ ④
23	① ② ③ ④
24	① ② ③ ④
25	① ② ③ ④

もんだい4

26	① ② ③ ④
27	① ② ③ ④
28	① ② ③ ④
29	① ② ③ ④

もんだい5

30	① ② ③ ④
31	① ② ③ ④
32	① ② ③ ④
33	① ② ③ ④

もんだい6

| 34 | ① ② ③ ④ |
| 35 | ① ② ③ ④ |

ごうかくもし かいとうようし

N4 ちょうかい

じゅけんばんごう
Examinee Registration Number

なまえ
Name

〈ちゅうい Notes〉

1. くろいえんぴつ (HB、No.2) でか
   いてください。
   Use a black medium soft (HB or No.2)
   pencil.
   (ペンやボールペンではかかないでく
   ださい。)
   (Do not use any kind of pen.)

2. かきなおすときは、けしゴムできれ
   いにけしてください。
   Erase any unintended marks completely.

3. きたなくしたり、おったりしないでく
   ださい。
   Do not soil or bend this sheet.

4. マークれい Marking Examples

よいれい Correct Example	わるいれい Incorrect Examples
●	⊗ ◯ ◑ ⊘ ⦸ ⬤

もんだい1

	1	2	3	4
れい	①	②	●	④
1	①	②	③	④
2	①	②	③	④
3	①	②	③	④
4	①	②	③	④
5	①	②	③	④
6	①	②	③	④
7	①	②	③	④
8	①	②	③	④

もんだい2

	1	2	3	4
れい	①	②	●	④
1	①	②	③	④
2	①	②	③	④
3	①	②	③	④
4	①	②	③	④
5	①	②	③	④
6	①	②	③	④
7	①	②	③	④

もんだい3

	1	2	3
れい	●	②	③
1	①	②	③
2	①	②	③
3	①	②	③
4	①	②	③
5	①	②	③

もんだい4

	1	2	3
れい	●	②	③
1	①	②	③
2	①	②	③
3	①	②	③
4	①	②	③
5	①	②	③
6	①	②	③
7	①	②	③
8	①	②	③

ごうかくもし かいとうようし

N4 げんごちしき (もじ・ごい)

じゅけんばんごう
Examinee Registration Number

なまえ
Name

〈ちゅうい Notes〉

1. くろいえんぴつ (HB、No.2) でか
いてください。
Use a black medium soft (HB or No.2)
pencil.
(ペンやボールペンではかかないでく
ださい。)
(Do not use any kind of pen.)

2. かきなおすときは、けしゴムできれ
いにけしてください。
Erase any unintended marks completely.

3. きたなくしたり、おったりしないでく
ださい。
Do not soil or bend this sheet.

4. マークれい Marking Examples

よいれい Correct Example	わるいれい Incorrect Examples
●	⊗ ◯ ◑ ◎ ⊘ ◍ ⊖

もんだい1

1	①	②	③	④
2	①	②	③	④
3	①	②	③	④
4	①	②	③	④
5	①	②	③	④
6	①	②	③	④
7	①	②	③	④
8	①	②	③	④
9	①	②	③	④

もんだい2

10	①	②	③	④
11	①	②	③	④
12	①	②	③	④
13	①	②	③	④
14	①	②	③	④
15	①	②	③	④

もんだい3

16	①	②	③	④
17	①	②	③	④
18	①	②	③	④
19	①	②	③	④
20	①	②	③	④
21	①	②	③	④
22	①	②	③	④
23	①	②	③	④
24	①	②	③	④
25	①	②	③	④

もんだい4

26	①	②	③	④
27	①	②	③	④
28	①	②	③	④
29	①	②	③	④
30	①	②	③	④

もんだい5

31	①	②	③	④
32	①	②	③	④
33	①	②	③	④
34	①	②	③	④
35	①	②	③	④

ごうかくもし かいとうようし

N4 げんごちしき (ぶんぽう)・どっかい

じゅけんばんごう
Examinee Registration Number

なまえ
Name

〈ちゅうい Notes〉

1. くろいえんぴつ (HB、No.2) でか
   いてください。
   Use a black medium soft (HB or No.2)
   pencil.
   **(ペンやボールペンではかかないでく
   ださい。)**
   (Do not use any kind of pen.)

2. かきなおすときは、けしゴムできれ
   いにけしてください。
   Erase any unintended marks completely.

3. きたなくしたり、おったりしないでく
   ださい。
   Do not soil or bend this sheet.

4. マークれい Marking Examples

よいれい Correct Example	わるいれい Incorrect Examples
●	⊗ ◯ ◯ ◖ ◐ ⊖ ⬤

もんだい1

1	①	②	③	④
2	①	②	③	④
3	①	②	③	④
4	①	②	③	④
5	①	②	③	④
6	①	②	③	④
7	①	②	③	④
8	①	②	③	④
9	①	②	③	④
10	①	②	③	④
11	①	②	③	④
12	①	②	③	④
13	①	②	③	④
14	①	②	③	④
15	①	②	③	④

もんだい2

16	①	②	③	④
17	①	②	③	④
18	①	②	③	④
19	①	②	③	④
20	①	②	③	④

もんだい3

21	①	②	③	④
22	①	②	③	④
23	①	②	③	④
24	①	②	③	④
25	①	②	③	④

もんだい4

26	①	②	③	④
27	①	②	③	④
28	①	②	③	④
29	①	②	③	④

もんだい5

30	①	②	③	④
31	①	②	③	④
32	①	②	③	④
33	①	②	③	④

もんだい6

34	①	②	③	④
35	①	②	③	④

ごうかくもし かいとうようし

N4 ちょうかい

じゅけんばんごう Examinee Registration Number

なまえ Name

〈ちゅうい Notes〉

1. くろいえんぴつ (HB、No.2) でかいてください。
   Use a black medium soft (HB or No.2) pencil.
   (ペンやボールペンではかかないでください。)
   (Do not use any kind of pen.)

2. かきなおすときは、けしゴムできれいにけしてください。
   Erase any unintended marks completely.

3. きたなくしたり、おったりしないでください。
   Do not soil or bend this sheet.

4. マークれい Marking Examples

よいれい Correct Example	わるいれい Incorrect Examples
●	○ ◑ ⊘ ◯ ⊙ ⊗

もんだい1

	1	2	3	4
れい	①	②	●	④
1	①	②	③	④
2	①	②	③	④
3	①	②	③	④
4	①	②	③	④
5	①	②	③	④
6	①	②	③	④
7	①	②	③	④
8	①	②	③	④

もんだい2

	1	2	3	4
れい	①	②	●	④
1	①	②	③	④
2	①	②	③	④
3	①	②	③	④
4	①	②	③	④
5	①	②	③	④
6	①	②	③	④
7	①	②	③	④

もんだい3

	1	2	3
れい	●	②	③
1	①	②	③
2	①	②	③
3	①	②	③
4	①	②	③
5	①	②	③

もんだい4

	1	2	3
れい	●	②	③
1	①	②	③
2	①	②	③
3	①	②	③
4	①	②	③
5	①	②	③
6	①	②	③
7	①	②	③
8	①	②	③